JN249445

日本児童文学者協会70周年企画　児童文学 10の冒険

自分からのぬけ道

編
=
日本児童文学者協会

偕成社

児童文学 10の冒険

自分からのぬけ道

児童文学 10の冒険 自分からのぬけ道

もくじ

凡例

・本シリーズは各巻に三〜五点の作品を収録した。
・選集、全集などの単行本以外を底本とした場合は、出典一覧にその旨を記した。
・一部の作品は著者が部分的に加筆修正した。
・漢字には振り仮名を付した。
・表記は原則として底本どおりとし、明らかな誤記は訂正した。また、本文中の一部に現在では不適当な表現もあるが、作品発表時の時代背景などを考慮し、底本どおりとした。

パジャマガール

きどのりこ

その小さな公園は、ミナの部屋のすぐ下にあった。

少し前まで、きれいな薄紫の花房がシャンデリアみたいに下がっていた藤棚は、もう緑の葉だけになってしまった。

その下の砂場のなかに、ピンクっぽいパジャマを着た女の子がすわって穴をほっている。

ミナはその子をよく知っていた。ちょっと見た目には低学年のようだが、ミナとおなじ矢川小五年の、アッコとよばれている佐藤篤子だ。じっと見ていると、アッコはときどき穴をほる手を休めて、ミナの窓を見上げている。レースのカーテンごしにミナが見つめているのを意識しているようだ。

アッコは四年のとちゅうからずっと学校にきていない。五年になってからはいちおうミナとおなじクラスになっているが、いちども学校へこない。三列の平行線になっているこの団地の、ミナの家から一列おいた裏側の棟に住んでいる。

この三階北側の窓から砂場までけっこう距離があるが、ミナはアッコの燃えるような目がときどき自分にそそがれるのを、テレパシーのように感じていた。

（あいつ、わたしを意識している）

でもなぜ？

最近、アッコはこの砂場にいることが多い。それで、小さい子どもたちが砂場に寄りつかなくなった。子どもたちはあまり気にしないのだが、親たちが自分の子をアッコから遠ざけるようになったのだ。アッコが子どもたちに自分のパンツを脱いで見せているというわさがひろがったからだ。

「おどろいたわね、小さい子にむかって。いやらしい」

「どんな育ち方をしているのかしら。不登校なんだってね」

と、若い母親たちが遠まきに話しているのをきいたことがある。

アッコは、近所の家にいきなり上がりこんで、冷蔵庫のなかのものを食べてしまうこともあるのだ、とミナの母はいっていた。

スーパーの前のゲーム機で子どもたちが遊んでいる時、いきなり「グルグルマリオ」や「ジャンケンゲーム」が全部消えてしまうことがある。ちょうどそんな場に居あわせたミナは、子どもたちがさわいでいるなかから、小がらなパジャマ姿が身をかがめて逃げ出すのを見た。アッコがコンセントをぬいてしまったのだ。

そんなふうなアッコを、ミナは心のすみでは意識していたが、それほど関心があるわけではなかった。自分の思いどおりにふるまっているアッコは、風景のなかの、一本のねじ曲がった木のようで、駅の地下道に横たわっているホームレスの人のわきを通る時のように、わざと気にとめずに通りすぎていた。

けれども、今はちがう。自分とアッコとのあいだに、見えない一本の線がはりつめている。

とつぜん、その原因がわかった。

アッコのそばに置いてある白いスーパーのふくろ、それが、ときどきはげしく痙攣するようにゆれ動いている。なかに動物が入っているのだ。それに気がついたとたんミナは椅子をけたおして立ち上がり、玄関に突進し、階段をかけおりた。「マヤ、マヤ、マヤー！」と叫びながら。

ふくろのなかにとじこめられているのは、三日前から行方不明になっているヒマラヤンの猫、マヤだということが、透視しないでもわかる。きのうの朝入院した弟の孝雄が、直前まで泣きながら探していたマヤだ。四歳になったばかりの孝雄は、今日、心臓手術のための検査を受けている。そのマヤを、アッコは砂場に生きたままうめようとしている！

ミナが砂場にかけこんだ時、アッコはくるったようにあばれるふくろを穴におしこみ、上から砂をかけようとしていた。

「なにすんのよ！」

ミナはアッコを砂の上につきたおし、ふくろを思いきり引き裂いた。一瞬、チャコールグレイのぼろ布のようになったマヤが恐ろしい勢いで飛び出し、あっという間に珊瑚樹の茂みのなかへ消えた。

起きあがってパジャマの砂をはらい、砂場のふちにすわってうすく笑っているアッコに、ミナはふくろを投げつけ、肩をつかんでゆすぶりながら叫ぶようにひと息にいった。

「猫なんかうめてなにがおもしろいの。マヤは家のだいじな猫なんだよ！　家の弟が大好きな猫なんだよ！」

「それがなんだってんだよ」

アッコの声は意外と澄んでいて、ちょっぴり悲しげだった。そして、その顔を間近に見てミナはちょっとショックを受けた。

アッコの左目は青紫色に腫れあがり、その下まであざがひろがっている。なぐられた傷だ。色白でかわいらしい顔のアッコなので、よけいにいたいたしい。ミナは目をそらしながらも、たたきつけるようにいわずにはいられなかった。

「きのうの朝、入院する前にさあ、泣きながら団地じゅうを探したんだから。これから心臓にバイパスをつける手術するんだよ。そんな子がだいじにしてる猫をなんで殺すの！」

「うざってえんだよ、あの猫」

と、アッコは小さくつぶやいたが、その声と表情にかすかな動揺があったのを、ミナは見のがさなかった。

しばらくの沈黙のあと、アッコは珊瑚樹の茂みのほうをあごでさしながらいった。

「あすこにいるよ。連れてきな」

そして立ち上がり、白いドクダミの花や、色づきはじめたアジサイの咲いている団地の棟と棟とのあいだをかけぬけていってしまった。

茂みのなかのマヤはすっかりおびえていて、よんでも出てこなかったが、ミナが近寄って抱き上げると、おとなしく抱かれた。

（どうしてアッコはマヤが家の猫だとわかったんだろうか？）

ミナは、きのう、団地の三か所の掲示板に自分ではった小さなビラのことを思い出した。

……ねこ、探しています。種類はヒマラヤン、名前はマヤ、連絡は３の３０８、高橋まで、電話は……マヤの絵も描いておいた。

アッコはきっとあれを見たんだ。

アッコがあんなことをしたのは、もしかしてマヤがわたしの家の猫だったからではないだろうか。ミナは、さっきのアッコの燃えるような視線を思い出した。

ミナはマヤを抱いて階段をのぼっていった。今ごろ、孝雄の小さな体には、カテーテルがさしこまれているかもしれない。そしてアッコの青紫の内出血。まだミナの腕のなかで思い出したように体をふるわせているマヤ。まわりの生命が、みんなふるえている感じ。階段の近くのポプラも、若い葉がちらちらとたえまなくゆれている。

ミナは、あしたアッコの家へいってみようと思った。


「全身麻酔だから、いたくもなんともなかったんよ」と、母は無理しているような明るい声でいいながら、病院へいくしたくをしている。

孝雄の病院は完全看護なので、夜のつきそいはいらないが、母はなるべく早く出かけていく。今日は日曜日なので、いつもは会社から病院へいく父も、母と車でいく。

「ミナもいっしょにいくか」と、靴をはきながら大きい背中を見せて父がいう。

「いい。今日は留守番してあした母さんといく。マヤが見つかったこと、孝雄に話してね」

ミナはマヤを抱き上げながら玄関に出た。泣き虫であまったれで知りたがり屋の孝雄が、コードや電極みたいなものをたくさんつけてベッドに横たわってるなんて、想像するのもつらい。でもあしたはいってあげなくちゃ。

両親が出ていってしばらくすると、だれかがパタパタと階段をのぼってきた。

そして、つづけて五回も乱暴にブザーがおされた。

ドアをあけると、アッコが立っていた。そのとたんマヤはフーッと全身の毛を逆立て、飛びおりて部屋のすみに隠れてしまった。

今日のアッコは、ピンクのストライプにプリティ・デュオのふたり組の絵がついたパジャマを着ている。

「これ、あの子にあげて」

ミナの手におしつけられたのは十五センチほどのウルトラマンタロウの人形だった。真っ赤な、筋肉むきむきのウルトラマンは、にぎりしめてきたアッコの体温で温まっている。

「ありがと。こういうの好きだから喜ぶよ」

というと、アッコははずかしそうに微笑み、それからその微笑みをふりはらうように、ずかずかと上がりこんできて、いきなり冷蔵庫をあけると、野菜とフルーツのミックス・ジュースをパックごとごくごく飲んだ。

そして、ソファーにすわってしばらく部屋のなかを見まわしていたが、また落ちつきなく立ち上がり、下の公園へいこう、とミナをさそった。

「なぜ学校にこないの？　ハブされたわけ？」

「ちがう。ハブもシカトもされてない。されたってへっちゃらだよ」

「じゃあ、なぜ？」

「ナベセンがさあ、もう学校へくるな、おまえの顔なんか見たくないっていったから」

「ひどい！　授業ちゅうにそんなことといったの？」

「そう」

ナベセンというのは、渡辺という男の教師だ。ヒステリックで、その日の気分によって、チョークを投げたり、なぐったりする。ミナは四年の時ナベセンのクラスではなかったので、アッコにそんなことがあったなんて知らなかった。

「なんどもあやまりにきたけど、いってやらないんだ。だって、てめえがいちどくるなっていったんだもん」

ふたりは公園のブランコにすわっている。

「じゃあさあ、アッコが登校拒否してるんじゃなくって、学校がアッコの登校を拒否してるんだ」

「うん、でもわたしは登校拒否してるよ。あんなとこいったってしょうがねえもん」

アッコは、ブランコをぐるぐるよじっては、ほどきながらまわる動作をくり返している。

アッコには高校にいっていた姉がひとりいるが、家出して男の人といっしょに住んでいること。アッコの母は、姉が家を出てから新興宗教に入り、「おがみ屋」になってしまって、朝から晩まで本部にいって「おがんで」いて、帰ってこないこと。競輪の予想屋をしている父は、家にいる時にはかならずアッコをなぐること……。

アッコはぽつりぽつりとしゃべった。

父親といっしょにコンビニで買い物をしているアッコを、いちどミナは見かけたことがあるが、小がらで気が弱そうなおじさんで、自分の子をなぐるような人には見えなかった。

でも、人はほんとうに見かけによらない……。

その時、ブレーキのきしむ音がして、公園の前に自転車が数台止まった。

パジャパジャパジャパジャ　パジャママママン
パジャマ怪人、パジャママン！
朝から晩まで　パジャパジャマ
お前の母さん　おおでべそ！

というへんな歌を、四、五人の男の子がアッコにむかって怒鳴るように歌っている。おなじクラスのワルガキの岩本たちだ。歌い終わると、チャリンコ部隊はいってしまった。

アッコはべつに怒りもせずに、「ばっかみたい」と笑っている。

ミナは今まで、こうして岩本たちがいじめるからアッコは学校へこなくなったのだ、と思っていた。でも、そうじゃない。みんなは乱暴なやり方で、アッコにもどってくるようよびかけている。アッコを拒否しているのはナベセンであり、学校そのものなのだ。

そして、学校へいかない、パジャマを脱がない、というアッコの意思は、ちょっとやそっとでは変えられないということが、ミナにはよくわかった。

自分でも信じられないことだが、ミナはアッコと仲よくなった。なんとなく学校でもそれが知れて、祥子やテルミたちから「アッコなんかとつきあうのやめなよ」といわれたりするが、ミナは気にしない。

孝雄が家にいる時、アッコがやってきた。孝雄は検査の結果、心臓の手術に十分たえられることがわかり、九月に予約をとって退院してきたのだ。

生まれつき、「心房」という心臓の部屋がひとつ足りない孝雄は（心臓に部屋がいくつもあるなんて、ミナにはほんとうにふしぎだ）、体も標準より小さく、顔色も土気色だが、ととのった顔立ちをしていて、とくに笑うとすごくかわいい。

「ウルトラマンくれたお姉ちゃんだよ」

と紹介すると、孝雄はにっこりした。

「この子、すげえハンサムじゃん」

アッコはひざまずいて孝雄を抱きしめ、胸に耳をつけて心臓の音をきいた。そして

「あっ、きこえる、きこえる、心臓が動いてる！」と叫ぶ。

「あったりまえじゃん。動いてなかったら死んじゃうよ」と笑いながら、ミナはパジャマ

姿のふたりをながめる。孝雄はすっかりアッコになついたようだった。孝雄もまだ幼稚園にはいけず、一日じゅうパジャマですごさなければならないのだ。アッコと孝雄のまわりに、ミナはまたふるえるような空気を感じていた。

はじめはアッコが家に上がりこむのをいやがっていた母も、だんだんなにもいわなくなり、ミナが学校へいっているあいだ、孝雄といっしょの留守番をアッコにたのんだり、冷蔵庫のなかにアッコの好きなフルーツ・ヨーグルトを入れておいてくれたりするようになった。

猫のマヤもようやくなれて、アッコが抱いても平気になった。近所で「ネコテンパー」という病気がはやっているので、予防注射をしたほうがいい、と教えてくれたのもアッコだった。マヤを砂場でうめようとしたなんて、うそみたいだ。

でもアッコはあい変わらず顔を青紫に腫らしていることが多い。パジャマに隠れた細っこい手足にもあざがたくさんあった。どんな時に、どんなふうになぐられるのか、アッコはぜったいに話さない。

そして、ミナは、どこか心のおくのほうではアッコを〈かわいそうな子〉と思い、ちゃんと学校へいっている自分を〈いい子〉だと思っていた。

いつも友だちの話をよくきき、自分の意見をはっきりいうミナは、みんなから好かれていて、いじめられた経験はない。

ところが、六月に入ったある日、ミナ自身も信じられないようなことが起こったのだ。


朝、教室へ入っていくと、早苗とその仲間の女子たちが机にすわり、大声で話していた。

「あのパジャマキンさあ、きのう、錦町のゲーセンにいたの見たよ」と、早苗がいっている。ミナは一瞬、頭にカッと血がのぼり、「人間をバイキンあつかいするな!」と叫んで、泣きながら早苗にむしゃぶりついていった。みんなは恐れをなしたらしい。祥子やテルミたちまで加わって、ミナはトイレに「監禁」されたのだった。

涙をトイレット・ペーパーでふきながら、壁にもたれていると、なんだか笑えてきた。そして、死ぬまでトイレのなかにいてやろうという、ふてぶてしいような気持ちがわいてくる。その時ミナは、アッコの気持ちがわかるような気がした。

結局、ドアの上によじのぼってすぐに出てきたのだから、ばかみたいな話だが、その翌日からミナは学校へいきたくなくなってしまった。「お腹がいたい」とうそをついて、三日つづけて休み、パジャマ姿で孝雄と遊んでいた。ほんとに自分がアッコになった気がする。

　アッコはいつものようにやってきて、

「これじゃ、まるでパジャマクラブだね」と、笑いながらゲームをしていった。

　でも、アッコは、学校へいきたくないミナの気持ちをちゃんと見ぬいていたのだ。

　次の日は雨だったが、登校時間になると、パジャマの上にブレーカーをはおったアッコがやってきた。そして、玄関で恐ろしい目をして「学校へいかなきゃだめっ」という。

　その迫力におされて、ミナはしたくをした。

「なんで不登校人間が登校をすすめるのよ」

と、靴をはきながらいうと、

「あんたはあんた、わたしはわたしでしょ！」といいながら、ミナを玄関からひきずりだす。

　とうとう、アッコは校門までミナを送ってきた。「アッコもおいでよ」と手をひっぱると、「やーだよ！」と澄んだ声で笑いながら、赤い傘はアジサイの茂みのかげに消えた。

その日、アッコのふてぶてしさと自由さが自分にもうつったような気がして、ミナは楽にすごせた。そんな気持ちでいると、早苗たちもトイレのことなどなかったように話しかけてくるのだった。

たくさんの日が流れていく。その日のなかで、きっと、いつまでも、大人になっても忘れないだろう、と思う日がある。そんな日のことは、風の吹き方や、空の色や、道ばたに咲いていた花まで、いつまでもおぼえているのだ。

六月十八日は、ミナにとってそんな日になった。おそらくアッコにとっても。

この日、ふたりは、〈マリエッタさん〉と〈ハンザキ〉に出会ったのだ。

この日曜日、天気がよかったら、ふたりは多摩ランドの遊園地にいこうと決めていた。梅雨の中休みっていうんだろうか。さわやかに晴れた朝で、ムラサキツユクサが、手をいっぱいにのばした子どもみたいに咲いている。

孝雄も連れていきたかったがジェットコースターなんか乗せられない。ゆっくりまわる大きな観覧車に乗せてあげたかったが、母からとんでもないといわれてしまった。九月の手術が成功すれば、スーパー大回転だってへっちゃらになるそうだ。

アッコとは、高松町のコンビニで待ちあわせた。ミナが入っていくと、アッコはパジャマに赤いポシェットをかけて、菓子売り場をのぞいていた。

コンビニは、どこもおんなじ匂いがする。

高松町のも、競輪場前のも、学校の近くのもおなじだ。ミナはそれを〈メンタイコ〉の匂いだと思ったが、いつもインスタントうどんにお湯をかけてもらったりしてコンビニに入りびたっているアッコにいわせると、それは〈おでん〉の煮つまった匂いだという。

そんな店のなかで、ふたりが菓子パンとスナックを買っていた時、とつぜん、だれかが飛びこんできた。そしてふたりにしがみつくと、

「たすけて、たすけて、たすけてください。お金があったら五百円かしてください」

と、おかしなアクセントでいう。ふたりより頭ひとつ大きいぐらいの小がらな外国人の女の人だった。ミルク紅茶のような肌の色、まつげの濃い大きな目がおびえている。黄色のシャツにぴったりしたジーンズ、銀色のハイヒールをはいている。

「店の人、追いかけてくる。わたし〈のぞみのもん〉というところ、いきたい。いき方わからない。でんしゃちんない」

その人の差し出した紙きれを見ると、

〈望みの門〉

と、書いてある。

住所も書いてあったが、それはちょうどふたりが多摩ランドへいくためにバスに乗りかえる駅だった。

女の人は、フィリピンからきたマリエッタさんだった。二十三歳だという。マリエッタさんは銀色のハイヒールを脱ぎ、手にもって、ミナとアッコといっしょに裏道をJRの駅まで走った。息をきらせながらマリエッタさんは、自分が高松町の裏通りにあるスナック・バーで働くようになってから、もう八か月にもなるが、給料をぜんぜんはらってくれないこと、パスポートも取り上げられたこと、思いもよらなかったいやなことをやらせられたことを訴えた。そして、なんどもふりかえっては追っ手がこないかをたしかめた。

K駅までの彼女の電車代は、ミナとアッコで半分ずつ出しあった。

「あぁ、よかった、わたし、あなたたちのおかげでたすかった！」

電車のなかで、人目もかまわずふたりを抱きしめたマリエッタさんは、花の匂いがした。

「マリエッちゃん、たいへんだったんだね……」

かってに呼び名を変えてしまったアッコは真剣につぶやいている。


K駅からなんどか道をたずねて、たどりついた〈望みの門〉は、教会のなかにあった。白とクリームのバラが咲いている坂道をちょっとのぼると、会堂のなかから静かな讃美歌がきこえてきた。受付の女の人は丸顔で、とても親切だった。〈望みの門〉は、ただの六畳くらいのタタミの部屋だったが、マリエッタさんのような人は、ここで安全に守られて何日かすごすことができる。そのあいだに救援センターに連絡し、どうしたらいいのか相談するのだ、ということだった。

女の人は、三人に熱いコーヒーを入れてくれた。マリエッタさんはほんとうにうれしそうに顔をかがやかせて、

「ミナさん、アッコさんのおかげで、わたし〈望みの門〉にこれました。ありがと、ありがと」という。

その時、アッコが真剣な顔で、教会の女の人にたずねたのだ。

「ねえ、わたしも〈望み の門〉にきちゃだめ？」

女の人は、おどろいて、パジャマ姿のアッコを見た。

「いいのよ、でも、どうして？」

「親がなぐるから」

とアッコはいった。

ふたりは、レッサーパンダの檻の前から移動した。

結局、マリエッタさんの切符代をはらって、そのほかにふたりで三百円ずつカンパしてあげたら、遊園地の入場料ははらえなくなったので、ふたりは目的地を、多摩ランドのとなりの動物園に切りかえたのだ。

若葉を通りぬけてきた風が吹いているベンチで、アッコとミナはしゃべったり、スナック菓子を食べたりした。

ミナは、マリエッタさんのことを考えた。どんな夢を持って、日本へやってきたのだろうか？　小さい時、どんな景色のなかで、どんな言葉をしゃべりながら暮らしていたのだろうか？〈望みの門〉を通って、マリエッタさんはこれからどこへいくのだろうか？

そしてアッコは？

そのアッコは、さっきからすぐとなりにある檻のなかを、いっしんに見つめている。

そして、ミナのトレーナーをひっぱった。

「ねえ、見て、見て！　あれ、なんだと思う？」

ミナはアッコのさすほうを見た。

岩穴や、小さい池のあるその檻には、ちょっと見たところ、なにもいないように思われた。

でも、よく見ると、コンクリートの床が地面とつながるあたりに、二十センチぐらいの暗い灰色をした、ひらべったい動物がいた。

胴が長くて、ちょこっと出ている四本の足は短い。ダックスフントをひらたくして、頭を丸くしたみたいだ。目はどこにあるかわからない。

その、ふしぎな動物が、いっしょうけんめいに体をよじっているようなのだ。

ザリ、ザリというような感じで、全身をくねらせている。

そして、目をこらして見ると、その動物のまわりじゅうに、こんな感じの、細い金網の切れはしのようなザクザクしたようなものが落ちているのだった。

「体を脱いでるんだよ。あいつ。体を脱ぐこと、なんていったっけ」

「脱皮……かな」

そうだ。そのものはダッピしていた。いっしょうけんめい、だれにも知られずに、ザリザリした古い体を脱いでいた。

檻についているプレートには、

ハンザキ（オオサンショウウオ）
天然記念物。ハンザキ科に属する。
成長すると、一・四メートルにもなり、
両生類中最大となる。
幼生は生まれて三年後に外鰓が消え、

五十五センチになると、成熟した個体になる。

と書いてある。

「まだ小さいハンザキだね」とアッコがいった。「ちょうど五年生ぐらいかな」

ミナはプレートの説明の最後を読んだ。

体を半分に裂かれても生きている

といわれて、こんな名前がついた。

「すげーえ！」

「えらーい！」

ふたりは、いつまでも小さなハンザキの脱皮を見つづけていた。

その夜ミナの夢には、銀色のハイヒールを手に持って、はだしで走っているマリエッタさんと、必死で体を脱いでいるハンザキが出てきた。そして、それはいつのまにか、パジャマ姿で全力疾走しているアッコの映像に重なっていくのだった。

その後、一週間以上、ミナはアッコに会わなかった。心配になってアッコの家に電話してみたがだれもいない。

二週間たったころ、アッコから葉書がとどいた。丸っこい字が、こんな大ニュースを告げていた。

ミナへ

こないだは楽しかったね。

わたしは今、「カリタスの家」というところにいます。〈望みの門〉の人が教えてくれた。ここにいれば、親が連れもどしにきてもだいじょうぶだって。ここは一軒の家みたいなところで、みんな親切にしてくれる。親が死んだ子とか、親がアル中の子とか、いろいろいるよ。ここから杉並の小学校へもいけるの。遊びにきてね。住所書いとくから。タカくん元気にしてる？　それから、ミナがきたらびっくりすることがあるよ。

わたしさあ、ハンザキしちゃったんだ。わかるでしょ。じゃあバイバイ！

アッコより

ミナはわかった。

このつぎの日曜日、アッコのところへいってみよう。パジャマを脱いだアッコはどんなだろう？　どんな服を着てるんだろう？

きっと、ちがう女の子みたいに、まぶしく見えるにちがいない。

北風がどうしても脱がせられなかった旅人のマントを、太陽が自然にやさしく脱がせたように……、六月十八日のハンザキが、アッコのパジャマを脱がせたんだ。そして、マリエッタさんも……。


アッコは、親に虐待されることをのぞけば、自由に、思うままに生きていた。でも、それは長い長い夜だったのかもしれない。だから、アッコはパジャマを着たままだったのだ、とミナは思った。

あと五年ぐらいたったら、またあの動物園にいってみたい。小さかったハンザキは、きっときっと、大きなオオサンショウウオになっているだろう。たとえとちゅうで体が半分に引き裂かれても、きっと両生類のなかでいちばん大きい動物になっているだろう。
半分になったら、オオサンショウウオは二匹になるかもしれない！

この考えを、ミナは早くアッコに伝えたいと思った。

初(はじ)めてのブラジャー

さとうまきこ

たんすの一番上の引き出しをあけると、半そでのTシャツが、まるでお店の棚のように、きちんとたたまれてならんでいた。それを見たとたん、綾子の胸はドキンと鳴った。

ママだ。

見つかった？

乱暴な手つきで、Tシャツをかきまわし、下をさぐる。メルシーマートの袋はそこにあった。昨日、綾子がかくしたのと同じところに。でも、ママがこれを見のがしたなんてことがあるだろうか。きっと、見つけたに決まっている！　そうして、また、同じところにもどしておいた。絶対、そうだ。

「最悪」

綾子は両手で袋をにぎりしめたまま、フローリングの床にぺたんとすわりこんだ。ママは時々、こんなふうに綾子の部屋のたんすや机の上をかたづける。勝手に。ちらかったプリクラをプリクラ帳に入れたり、教科書やノートをきちんと本立てにならべたり。

「あたしの部屋なんだから、ほうっておいてよ」と文句をいっても、「あんたがだらしがないからよ。もう六年生なんだから、ちゃんとしなさい」といわれてしまう。

だから、今日も学校にいる時から、いやな予感がして、急いで家に帰ってきた。親友のテコと、いつものガソリンスタンドの角で別れてからは、ほとんど走るようにして……。早く、早く、あれを別の場所にかくさなきゃ。ママに絶対に、見つからないようなところに。そう思って……。それなのに……。

綾子は、はあっと大きなため息をつくと、のろのろと立ちあがり、物入れをあけた。スヌーピー、くまのプーさん、黒ねこのジジ——幼稚園のころからのぬいぐるみがつめこまれている棚に、ぽいと袋をほうりこんだ。買わなきゃよかった、こんなもの。昨日から、一体、何回、同じことを思っただろう。

「はーっ」

さっきよりも、もっと大きなため息をついて、どさっとベッドにたおれこむ。とたんに、熱を持った左の胸がずきんと痛み、綾子は顔をしかめた。

片手をそうっと、左胸にあてて、ゆっくりあおむけになる。痛みがおさまってくると、今度はまゆをひそめた。本当に、ママはあれに気づいたのだろうか。もしかしたら、気がつかなかったんじゃ……。だって、もしも気がついたのなら、さっき、「ただいま」といった時、なぜ何もいわなかったのだろう。

それとも、後でいうつもりなんだろうか。夕ご飯の時とかに？

綾子はむっくり起きあがり、また物入れをあけた。一番下の棚には、古いデイパックがほうりこんである。その中に、メルシーマートの袋を入れ、ファスナーをしめて、もとどおりにしまった。そして、もう一度、今度は慎重にベッドに横になった。

綾子がメルシーマートへいったのは、昨日の日曜日、九月十八日の午後のことだった。お母さんには、「ちょっと、本屋さんにいってくる」といって家を出た。

「自転車で？」

「うん」

「車に気をつけてね」

「はーい」

自分の声が明るすぎるような気がして、胸がどきどきした。

もっと、どきどきしたのは、メルシーマートの二階、洋品売り場への階段をあがっていく時だった。だれにも会いませんように。だれにも会いませんように。心の中で、そればっかり、呪文のようにくりかえしていた。もしもクラスの人にばったり会って、「アヤ。何を買いにきたの」といわれたら、ハンカチでも買って帰るしかない。

「婦人下着」と書かれた白い札が天井からさがっているコーナーまできた時には、なんだか頭がぼうっとして、わけがわからなくなってしまった。ピンク、ベージュ、紫、赤――ハンガーにかかった色とりどりのコルセットやブラジャーの前を、ふらふらと歩いていった。足に力が入らなくて、やわらかい雲の上を歩いているみたいだった。目に入るものも、みんな、半分すきとおった雲みたい……。

それでも、ここへきた目的を思い出し、そして、ここへくるまでの理由と決心を思い出して、必死にブラジャーの値段に目をこらした。うそ……と思った。どうして、こんなに高いの？

その時、通路のまん中におかれたワゴンに気がついた。「ブラ　特価880円」という札が立っている。

早く、早く。だれにも会わないうちに。ああ、75Aとか80Bとか、これなんのこと？白やピンクのブラジャーの山をかきまわしているうちに、頭がぼうっとして、何が何だかわからなくなってきた。もう、どれでもいいやと白いブラジャーをつかんでかごに入れ、レジにいった。日曜日のせいか、レジは混んでいた。だれにも会いませんように。だれにも会いませんように……。

係りの人の顔を見ることはできなかった。うつむいたまま、ポシェットの中のさいふから千円札をとりだした。綾子のおこづかいは、毎月二千円だ。テコとプリクラをとったり、マンガを買ったりで、いつもすぐになくなってしまう。でも、今月はこのために、千円を残しておいた。

「千円から、おあずかりします」

係りの人がそういって、まずおつりをくれ、それから、ブラジャーをくるくるっとまるめて、白いビニール袋に入れ、さしだした。その袋を、綾子はさいふといっしょにポシェットにつっこみ、にげるように階段をかけおりた。

よかった！　だれにも会わなかった。これで、明日からは体育の着がえの時にはずかしい思いをしなくてすむ。胸も大きく見えるだろうし、男の子にぶつかられても、もう痛くない。

帰り道は自転車のペダルも軽く、「モー娘。」の歌を鼻歌で歌いながらだった。

「あら。ずいぶん、早かったのね」

そういうママに返事もしないで、二階の自分の部屋にかけこみ、ドアをしめると、綾子はTシャツをぬぎすてた。わくわくしながら、まだ値札のついたままのブラジャーの肩ひもに腕を通し、背中のホックを、ちょっと苦労してとめた。

がっかり？　失望？　ううん、絶望だ。今、ベッドに横たわりながら、その時の気持ちを思い出して、綾子はまくらに顔をうずめた。特価８８０円の、85Bというタグのついたブラジャーには、とんがったカップがついていた。綾子の平らな胸にはぶかぶかで、大きすぎるカップがおっぱいの下のほうにいってしまう。肩ひもを短くしてみると、今度は上にいきすぎてしまう。Tシャツを着ればどうにかなるかと思ったら――クローゼットの内側の鏡にうつった姿はあんまりで、泣きたくなってしまった。Tシャツにおされて、カップがぺこんとへこんでしまうのだ。

こんなもの、すてよう。そう思った。でも、どこにすてればいいのか。部屋のくずかごにすてても、台所の黒いポリバケツにすてても、ママに気づかれてしまいそうだ。だから、たんすの引き出しにかくしたのに……。

わたしのおっぱい。ベッドであおむけになった綾子は、両方の手のひらを胸にあてた。いつになったら、この胸がふっくらと大きくなるのだろう。テコみたいに。

テコは五年生のころからブラジャーをしている。お母さんがね、そろそろしなさいって、いっしょに買いにいったんだ。そう、テコが打ち明けてくれたのは、あれは確か、五年生の二学期だった。わたしね、なったんだ。そう打ち明けてくれたのは、それからしばらくしてから。

生理がまだこないことは、べつに気にしていない。同じクラスの女子の、半分くらいはまだだから。よっぽど仲よしでなければ、「まだ」とか「なった」とか、わざわざ打ち明けたりなんかしない。でも、体育を見学する顔ぶれを見れば、大体の人数はわかる。クラスの半分がまだなら、仲間が大勢いるのだから平気だ。でも、胸は……。

テコほどではないにしても、みんな、けっこう大きい。そして、今年の夏休みが終わって、二学期になると、ブラジャーをしている人がぐんとふえた。カップのない、水着の上みたいなのをしている人がほとんどだが、ちゃんとしたカップのをしている人も何人かいる。していないのは、綾子ともう一人、やせっぽっちで背の低い瑠璃くらいだ。

でも、綾子のママがテコのお母さんのように、「そろそろ……」なんていってくれることは、まず考えられない。だって、まだ、こんなだから。

綾子はなさけない気持ちで、そっと左の胸をなでた。ただ、かたっぽがちょっとはれて、熱を持って、だれかにぶつかられたり、おされたりすると痛いだけ。「ブラジャーを買って」なんていったら、きっと笑われる。だから、知られたくなかった。絶対に……。

「あんなもの、買わなきゃよかった」

胸に両手をあてたまま、小さな声で、綾子はつぶやいた。

その日の夕食は、べつにいつもとかわらなかった。七時ごろ、綾子とママは、パパが会社から帰るのを待たずに、先に二人で食べ始めた。いつものように。

「綾子。宿題は」

「――ある」

「もう、やったの？」

「まだ」

「まだ？　あんた、学校から帰ってきてから今まで、何してたの。ずっと、部屋にとじこもってたけど？」

「ぼけっとしてた」

「さっさと、やっちゃいなさいよ、食べ終わったら」

「わかってる」

「また、ピーマンを残す。いつまでたっても、好き嫌いが多いんだから。ピーマンでしょ、タマネギ、ニンジン……」

「ママだって、納豆、嫌いじゃない」

「納豆はねえ。でも、納豆だけよ、ママは」

「だって、嫌いなものは嫌いなんだもん」

「そんなこといわないで、食べな……」

「じゃあ、ママも納豆、食べてよ。そうしたら、わたしもピーマン、食べるから」

「また、そういうことをいう」

いつもと同じような会話を続けるうちに、いつ聞かれるか、いつ聞かれるか……と身がまえていた綾子の気持ちはしだいにほぐれていった。ディパックの中にかくしたブラジャーからも、きちんと整理されたたんすの引き出しからも、思いがそれていった。

そうして、八時ごろ、パパが帰ってきて、綾子が算数のプリントをやっているテーブルの反対側で、ビールを飲みながら、夕食を食べ始めた。宿題を終えた綾子が「テレビ、見てもいい？」と聞くと、ママが電子レンジで、パパのおかずをチンしながら、

「終わったの？」

「うん」

「もう九時だから、おふろに入りなさい」

「はいはい」

「はい、は、一つでいいの」

「は、い」

わざとはっきり、力を入れて、いってやった。

洗面所で、はだかになった時も、ブラジャーのことはすっかり忘れていた。ただ、体を洗う時、うっかり、スポンジで強く胸をこすってしまい、

「いたっ」

思わず、声を出してしまった。それくらい、痛かった。この十円玉くらいのコリコリが、いつか、ふっくらしたおっぱいになるのだろうか。そんなことを思いながら、バスタオルで体をふいていると、洗面所にママが入ってきた。

「ちょっと……」

ママは綾子の手から、バスタオルをとりあげ、じっと胸を見た。

「何？」

「いいから」

ママがすっと手をのばし、ローズピンクのマニキュアをした指先で、綾子の痛いところにさわった。

「痛い！」

「痛い？」

心配そうに、ママはたずねた。

「痛いよ」

「こっちは？」

ママの手が、右のおっぱいを、上から下へさする。綾子はだまって、首を横にふった。

「こっちはなんともない？　こっちだけ？　――ちょっと、じっとして」

また、痛いほうをさわられる。上から下へなでていく。

「ちょっと熱を持っているわね。いつから？」

綾子はまた、だまって、首をふった。そんなこと、はっきり、わからない。

「六年になってから？」

綾子は、こくんとうなずいた。なんだか、小さな子どもになったような気持ちがする。

「夏休みの後？　前？」
返事のかわりに、綾子に首をかしげた。もう、口もきけない。
「最近、いっしょにおふろに入っていないから……」
ひとりごとのようにつぶやいて、ママは綾子の手にバスタオルをおしつけた。そして、
入ってきた時と同じように突然、洗面所を出ていった。
しばらくの間、綾子はバスタオルを持ったまま、ぼうっとつっ立っていた。そのうち、
体が冷えてきて、急いでバスタオルを使い、赤いリンゴの模様のパジャマに着がえた。
湯気でくもった鏡の前で、のろのろぬれた髪をふく。
ママに聞きたいことはたくさんある。ママもわたしくらいの時、こうだった？　かたっ
ぽだけ、先に痛くなった？　わたし、おかしくないよね？　ママはおっぱい、あんまり大
きくないよね。じゃあ、私もあんまり期待できないかな。
聞きたいけど、聞けない。だって、そんなことをいったら、きっと、あのぶかぶかの白
いブラジャーに話がいきついてしまう。
今日は月曜日だから、九時から「マンデー・ヒットチャート」をやっている。いつもな
ら、テレビの前に陣どって、今週の第一位の歌まで見る。でも、なんだかママと顔を合

わせるのがはずかしいような気がして、綾子はリビングのドアから顔だけ出して、「おやすみなさい」といった。ママはパパと、何かひそひそ声で話していた。二人が同時に綾子のほうをむき、

「おやすみ」

「おやすみすみすみすみー」

　わざとらしい、ふざけた口調で、パパがいった。なんか、なんか、いやな感じ……。もしかしたら、私のことを、私のおっぱいのことを話していたんじゃ……。考えすぎだ。階段をのぼりながら、綾子は思った。だって、パパは男じゃない。パパとそんなことを話してどうするの？　考えすぎよ。考えすぎ。

　自分の部屋に入り、明日の時間割りを見ながら、教科書とノートをそろえる。明日の一時間目と二時間目は体育だ。また、上半身を見せないように苦労して、Tシャツを体育着に着がえなければならない。

「最悪」

　ぽつんと、つぶやいて、綾子はベッドにもぐりこんだ。

けれども、いつもより早くねたせいか、ちっともねむくならない。それに、「マンデー・ヒットチャート」の今週の第一位も気になった。まくらもとの目覚まし時計は、十時十五分前。今なら、第一位を見ることができる。見のがすと、明日、テコと話が合わない。そこで、綾子は急いでベッドから出ると、階下へおりていった。

「──なにしろ、はるか昔のことだから、自分のことは。思い出せないわよ。ふふふ。ええ、ええ。そうよねえ」

リビングのドアが半分、あいていて、ママが電話をしている声が聞こえる。リビングに入ったところで、綾子はぴたりと立ちどまった。ママが、こう続けたからだ。

「そうなの。左の乳首だけなの。え？　真理奈ちゃんもそうだった？　本当？　ああ、よかった。片方の乳首だけだから、腫瘍かもしれないなんて心配になっちゃって。ええ、ええ。そりゃあ、そうよね。子どもの乳ガンなんて、まず、ありえないわよね。あはは」

綾子はかあっと、顔があつくなった。その時、週刊誌を読んでいたパパが綾子に気づき、すぐに目をそらした。キッチンとの境のカウンターによりかかり、こちらに背をむけているママはまだ気づかずに、話を続けている。

「それでね。もう一つ、聞きたいことがあるんだけど。真理奈ちゃん、ブラジャーはもう……。え？　へえっ、そうなの。まあ、そう。今の子は早いっていうけど、綾子はまだ、全然、ふくらんでもいないから。でもね、実は、今日、あの子の引き出しを整理していたら……」

「やめてよ！」

体をぶるぶる、ふるわせながら、綾子は叫んだ。ママがこっちをふりかえり、

「あ。ちょっとごめんなさい。また電話するわ。ええ、ええ。じゃあね。どうもありがとう」

ゆっくりと、静かにママは受話器をおいた。

「なんで？　なんで、真理奈のお母さんに電話したの？」

綾子は一歩、前に出た。声がかすれている。

「なんでって……」と、ママはちょっと口ごもり、

「仲がいいのよ、ママ、真理奈ちゃんのお母さんとは」

「わたしは仲よくなんか、ない。グループがちがうもん。やめてよ、そういうの。いやだ、そういうの」

途中から、声がふるえ、ぼろぼろ涙がこぼれた。パパがまた、ちらっとこちらをふり

かえり、またすぐに週刊誌に目をもどした。

「綾子。あのね……」

「ママなんか、ママなんか、大っ嫌い！」

泣きじゃくりながら、綾子は階段をかけあがった。そして、自分の部屋に入ると、たたきつけるようにドアをしめた。

真理奈のお母さんに！　乳首だって！　しかも、パパのいるところで！　わたしがこっそり、ブラジャーを買いにいったことまで話そうとした！　きっと、話す。明日。わたしが学校にいっている間に。もしも、真理奈のお母さんが真理奈に話したら！

綾子はベッドにうつぶせになり、おんおん泣いた。ママなんか大っ嫌い！　大っ嫌い！　乳首だって！　パパのいるところで！　ママなんか……。頭の中を、同じ言葉がぐるぐるまわる。綾子はげんこつで、スヌーピーの模様のまくらをたたいた。何度も、何度も。

そこへ、階段をのぼってくる、スリッパの足音が聞こえ、

「綾子？」

ママがドアをあけた。綾子は歯をくいしばって泣くのをやめ、体を固くした。

「そんなに興奮しないでよ。だれにでも初めてのことってあるんだから」

そういって、ママはぱっと電気をつけ、何を思ったのか、また、すぐに消した。

「あんたは一人っ子だから……」

「――だから？」

つぶやくようなママの声に、思わず綾子は聞きかえした。

「だからね、ママにとっても初めてなわけよ。こういうことは」

どういう意味だろうと、綾子が考えていると、ママはふうっとため息をつき、

「とにかく、今日はもう、ねなさい。じゃあね」

そういって、少しすきまを残して、ドアをしめた。ドアのすきまから、廊下のあかりが細くさしこんでいる。綾子がまっ暗だとねむれないので、廊下の電気はいつもつけっぱなしだ。その黄色い光のすじを見つめながら、綾子はまだ考えていた。

――つまり、ママも不安だっていうこと？　どうしたらいいか、わからないっていうこと？　それで、中学生のお姉さんのいる真理奈のお母さんに電話をしたの？　ただ、仲がいいからっていうだけじゃなく？　でも……。綾子はゆっくりとあおむけになり、ひたいにかかった髪の毛をはらいのけた。涙は、もうかわいてしまっている。

でも、ママだって、昔は子どもだったじゃないか。女の子だったじゃないか。自分の

胸が、おっぱいがどんなふうに大きくなっていったか。いつ、初めてのブラジャーをつけたのか。そんな大事なことを、かんたんに忘れてしまうものだろうか。このコリコリの……と、綾子はそっと左のおっぱいにふれた。この十円玉みたいなコリコリの痛みも、大人になったら忘れてしまうのだろうか?

「ママにとっても初めてなのよ。こういうことは」――そういった時のママの、ちょっと不安そうな、心細いような声。いつも綾子に「あれをしなさい、これをしなさい」と、口やかましくいうママとは別人のような声。その声を、何度も耳のうちで再生してみる。

そのうちに、気持ちがしだいにしずまっていき、ママに対する怒りも、すっかりではないけれど、ほとんど消えていった。でも、パパのいるところであんな電話をしたことは、絶対に許せなかった。

その週の土曜日。綾子がいつものようにねぼうをして、十時すぎに「おはよう」と起きていくと、

「ああ。今、起こそうと思ってたのよ。コモンズにいくから、早く食べちゃいなさい」

ママが、リビングのテーブルの上に、半分に切ったグレープフルーツと、コーンフレー

クスのお皿をおいた。

「コモンズに？　わたし、いい。留守番してる」

「だめよ。あんたのものを買いにいくんだから」

コーンフレークスに牛乳をそそぎながら、ママはいった。

「わたしの？」

「そうよ。あんたの」

綾子とママの目が合った。先に目をそらせたのは、ママのほうだった。コモンズは二つ先の駅の近くにある。スーパーとデパートの中間のような店だ。駐車場もエスカレーターもあり、一階は靴と洋服売り場だ。もしかしたら……。綾子の胸は、期待に高鳴った。それに気づかれないように、わざとのろのろ、グレープフルーツをスプーンですくっていると、また、「早くしなさい」といわれてしまった。

「あんた、二時から英語でしょ。それに、パパのお昼も用意しないと。今日、お休みだから。お昼というか、朝というか」

最後のほうは、ぶつぶつとママはつぶやいた。パパは、会社が休みの日はいつもお昼ごろまでねている。今日もまだ、起きていない。

「車でいくの？」

「自転車。あそこの駐車場、土日は混むから」

綾子がコーンフレークスを食べ終える前に、ママは化粧ポーチから口紅と手鏡をとりだした。マニキュアと同じパールピンクの口紅をぬると、寝室へいって、それまでのモスグリーンのポロシャツを黒いのに着がえてもどってきた。下はカーキ色のパンツのままだけれど、黒いポロシャツにパールピンクの口紅がよく似合っている。

「ごちそうさま」

「お皿は流しにつけておいて。あんたはそのままでいいの？」

綾子は自分の着ている白いTシャツと、ジーンズを見おろした。

「うん」

「じゃあ、いきましょう」


コモンズに着くと、ママはだまって一階のおくのほうへ、「ランジェリー」という札のコーナーへむかった。綾子もだまって、人にぶつかりながら、後をついていった。

むっつりした、不機嫌な顔をしていることは自分でもわかっていた。月曜日の晩、「マ

「ふん、ジュニアなんてことばは、だいっきらい。」と、いってから、ママと二人きりになると、どうしてもこんな顔になってしまう。ママのほうは、あんなことはなかったみたいに、ふだんとかわらず、やれ宿題だ、やれおふろだと、綾子の行動をうるさく指図しているけれど。

「ここは大人向けねえ」

ひとりごとのように、ママがいった。そして、急に大きな声で、「すみませーん」と店員さんをよんだ。

「はい？」

「ジュニア向けのスポーツブラジャーはどこかしら」

「スポーツブラジャーですか？　そういう名称ではございませんが、ジュニア向けの下着はあちらのほうになります」

ママは「どうも」もいわずに、店員さんのさし示したほうへ、すたすたと歩いていく。あいかわらず、むっつりした顔のまま、綾子はついていった。

心の中では、期待が確信にかわり、やっぱり、そうだ、やっぱり、そうだと、くりかえしていた。うれしくて、まいあがりそうなのに、どうしてにこにこできないんだろう。自分で自分の気持ちがわからない。

やがて、「ジュニア」のコーナーにくると、ママは洋服には目もくれず、下着の棚のほうへ進んだ。かわいい花や果物の模様のパンティー、ブラジャー。今日はママがいっしょだから、綾子は落ち着いていた。メルシーマートの時のように、色とりどりの下着に頭がぼうっとすることもない。でも、むっつりした表情をくずすことは、やはりできなかった。

「あった、あった。これだわ。スポーティーブラって書いてある。ほら」

ママが手にとったのは、水着の上だけみたいな、白いブラジャーだった。

「こういうの、している子、いるんでしょ？」

「いる」

ぶっきらぼうに、綾子は答えた。

「そう。じゃあ、ちょっと試着しましょう。ね？」

綾子はだまって、うなずいた。

けれども、すみっこの試着室に入ろうとすると、男の店員さんに「お客様」とよびとめられてしまった。

「申し訳ありませんが、当店では下着のご試着は……」

「あら。だって、水着は試着できるでしょ。これ、水着のようなものでしょ。着てみないと、サイズがわからないじゃないの」

ママって強いと、綾子は感心してしまった。でも、やはり、むっつりした表情はかえられない。

「はあ……」と、店員さんはこまったようにあたりを見まわした。ジュニアコーナーはすいていて、綾子たち以外にお客はいない。ほかの店員さんの姿もない。

「では、どうぞ」

「どうも」

今度はママはにっこりして、ちょっと頭をさげた。

「アヤ。靴をぬいで」

「わかってる。小さい子じゃないんだから」

口ではそういいながら、綾子の手はぎゅっと、ママからわたされたスポーティーブラをにぎりしめていた。

靴をぬぎ、中に入ると、ママが外からカーテンをしめた。綾子はTシャツをぬぎすて、ブラをつけようとした。なんだかあせってしまい、腕を通すところに頭をつっこんでしまった。

「どう？　きつくない？」

カーテンのむこう側で、ママがいう。

「まだ……。ううん、きつくない」

「それ、Sなんだけど。Mもためしてみる？」

「うん」

「じゃあ、今、持ってくるから」

「うん」

返事をしながらも、綾子は試着室の中の大きな鏡から目をそらせなかった。マユや愛がしているのと同じものだ。カップがなくて、胸にぴったりする。ブラとジーパンの間に、おへそが半分見えている。横をむいて見て、ちょっとがっかりした。これでは、ちっとも胸が大きく見えない。でも、まあ、いいかと、また正面をむく。これをしていれば、体育の着がえの時にはだかにならなくてすむし、男の子に胸をおされても、ずいぶんちがうだろう。それに、と鏡の中の自分にむかって、うなずいた。あんたに合うカップのブラジャーなんて、この世に存在しないんだから。

「今はまだ、ね」

そうつぶやいたところへ、ママがカーテンをほんの少しあけ、首をつっこんできた。

「その、わきのところ、きつくない？」

「だいじょうぶ」

「そう？　でも、これも試着してみて。これはMだから。それから、これもMだけど、素材がちがうのよ。こっちのほうが汗の吸収がいいらしいわ」

どれも白の、二枚のスポーティーブラをわたすと、ママはまた、ぴったりカーテンをしめた。門番みたいに試着室の前に立っているのは、かげでわかる。

「ママ？」

「何？」

綾子はほんの少しだけ、カーテンをあけ、汗の吸収がいいという素材のブラをさしだした。

「これのSを持ってきて。Mだと、ちょっと肩ひもが長すぎる。ひもの調節ができないから、これ」

「わかった」

しばらくして、また、カーテンが少しだけあき、「はい」とママがブラをさしだした。

ふと見ると、ママの鼻の頭に汗のつぶがうかんでいる。綾子はなんだかおかしくなって、くすっと笑いそうになり、あわてて下をむいた。

「アヤ。どう？」

「そんなにあせらせないでよ」

ちょっといじわるだったかなと思いながら、新しくわたされたのを身につける。

「やっぱり、これかなあ」

「どれ？」と、ママがまた、顔をつっこんできた。

「M？　S？　どっち？」

「汗をすいとるほうのS」

「Mは？　合わないの？」

「だから、肩ひもが長いの」

本当は、あんまりいろいろ試着したので、何が何だか、よくわからなくなっていた。

「じゃあ、それにしましょう。とにかく、それをぬいで、着がえて」

また、カーテンがぴったりしまる。いわれたとおり着がえながら、ちらっと鏡を見ると、笑顔の自分がうつっていた。

ママは「これは下着なんだから、何枚か、かえがないと」といって、スポーティーブラを三枚買ってくれた。色は綾子が選んだ。グレーと、うすいピンクと白。

「ああ、なんだか疲れちゃったわ」

出口にむかいながら、ママはふうっとため息をついた。そして、ふと立ちどまり、綾子の顔をのぞきこむようにして、

「ほしかったんでしょう？」

そう、いった。綾子は答えなかった。今の言葉で、またママに対して、怒りに似た感情がこみあげてきた。

なんだろう、この気持ち。ずっとほしかったものを買ってもらったのに、どうして素直に「うん」といえないんだろう。ひとことでいってしまえば、ムカつく？　だけど、どうして？　心の中で、首をかしげながら、下をむいて歩いていた綾子は、どしんとママの背中にぶつかった。ママが自動ドアの前で、急に立ちどまったからだ。

「そうだ。地下で買い物をしていこう。いいでしょ、アヤ。今度はママにつきあってよ」

そういいながら、ママはさっさと、地下の食品売り場へ続く階段をおりていく。しか

たなく、綾子ものろのろとついていった。自転車だから、一人でも帰れる。でも、三枚もブラを買ってもらったのだからと、自分にいい聞かせた。

食品売り場はすごく混んでいて、レジでもかなり待たされた。やっと買い物が終わって、一階の自動ドアから外に出ると、冷房のきいた店内よりも、自然の風が綾子には気持ちよく感じられた。

もう九月の半ばだというのに、日ざしはまだ強い。それでも、吹きぬける風はさわやかで、秋の気配がした。

駐輪場で、自転車のかぎをはずしていると、ママが「これ、お願い」といって、綾子の自転車のかごに、鶏肉やちくわの入った袋を入れた。買ったばかりのブラの袋が、その下じきになってしまった。綾子はブラの袋をとりだし、自転車のハンドルにかけた。

それから、先に歩道に出たママの後から、自転車をこぎだした。

あたしは絶対、あたしは絶対……と、心の中で、綾子はくりかえした。こんなことはしない。娘の初めてのブラジャーと鶏肉をいっしょに買ったりはしない。いくら自分のかごがいっぱいだからって、買ったばかりのブラジャーの上に、肉やちくわの入った袋をおいたりしない。

それより何より、私は絶対、娘の友だちのお母さんに電話して、体のことで相談なんかしない。パパの、お父さんの前で、乳首なんて絶対にいわない。そして、この左の胸のこりこりの痛みも、絶対に忘れない。大人になっても……。

要するに、私は絶対にママのようなお母さんにはならない。そういうことだ。

そう思ったら、なんだか急に気持ちがすっきりして、綾子はペダルをこぐ足に力を入れた。十メートルくらい先で、ママが地面に片足をついて、こっちをふりかえっている。そのそばを、思いっきり明るい声で「お先にい」といって、走りぬけた。風が、髪を後ろへ吹きとばす。

バイバイ。

李(リ) 慶子(キョンジャ)

1

路地の先で鐘の音がする。

チリン、チリン、チリン、チリン。

鐘の音は十二月の北陸にはめずらしい、かわいた風にのって、ゆっくりと路地に近づいてくる。

魚売りだ。

魚売りは二日に一度、決まった時間に、まるで判で押したように、この路地にやってきた。

さびついた自転車の荷台に、大きなアルミの箱を三段重ねに積んで、いつだってふらふらしながらやってくる。

路地の住人が魚ずきなことを、よく知っているのだ。

路地の入口には、ツタがしげる郵政官舎が建っている。いまはだれも住んでいない。敦賀空襲で家を焼かれた郵便局員のために、戦後すぐ、廃材で建てられたもので、老朽化が進んでいた。

二年前、最後の家族が出ていったあと、建物は外部からの進入をふせぐため、板塀で囲われた。けれども二年の間に、その板塀の一部がこわれ、自由に出入りすることができた。のらねこがまよいこんで子ねこを産んだりするので、わたしはときどき、魚のしっぽを運んだりする。

ねこぎらいのお母さんが、

「和、かってにエサやったらあかんで。どんどんふえて、ねこ屋敷になったらどうするの」

とごちゃごちゃいうけれど、わたしはほとんど、それを無視した。

「お姉ちゃん、名前までつけてるんやで。ねこにレモンとトマトやって」

妹の順子はわたしの行動に目を光らせ、お母さんに告げ口する。

いままよいこんでいるのは、黒と白のまだらねこ。五匹もこどもを産んだのに、いつのまにかいなくなって、子ねこは一匹しか残っていない。

わたしの家は路地の奥。官舎のちょうどうらっかわにあった。

戦争が終わったら、すぐに故郷の朝鮮に帰る予定だったお父さんは、やっぱり廃材で、六畳二間と台所、それに二畳ほどの板の間と納屋のある家を二軒、長屋ふうに建てた。

それなのに朝鮮には帰らず、お姉ちゃんが生まれ、続いてわたしと妹が生まれた。

長屋の一軒には、鉄浩おじさんと春子おばさんが住んでいる。

路地にそって、気比神宮のお堀につながる小さな川が流れていた。

わたしは、この路地が大すきだ。

人気のない郵政官舎は、陽が落ちるとまるでゆうれい屋敷のようで、ぞくぞくしたし、路地の奥は迷路のようになっていて、かくれんぼをするには最適だった。

わたしはこの路地で、学校から帰ると、いつもホルモン屋のスナちゃんと遊んだ。


鐘の音がしだいに大きくなった。

「もうじき、うちとこ来るで」

わたしは石けりをやめて、スナちゃんにいった。

「なんでわかるん?」

スナちゃんはふしぎそうな顔で、わたしを見た。

「鐘の音、ゆっくりやろ。自転車ひっぱってるんや。走ってるときは、もっとせわしない音やもん。ほら、きた」

「ほんまや」

スナちゃんがそういったとき、いつものように、黒いタートルセーターの上から黒いヤッケをはおった魚売りが現れた。

「和ちゃんのいうとおりやな」

スナちゃんは両手を口にあてて、くくくと笑った。

スナちゃんとわたしはたんじょう日がいっしょ。

スナちゃんは朝、生まれて、わたしは夜。

生まれたときは、わたしのほうが丸々太ったジャンボベイビーだったのに、五年生になったとたん、スナちゃんの背はぐんぐんのびて、それと比例するようにでぶっちょになった。体重も身長も十キロと十センチ、わたしより大きい。

「あんたはすききらいが多いからねぇ」

お母さんはすぐに、りっぱな体のスナちゃんとわたしを比較する。

「ちがう、ちがう。スナちゃんは毎日ホルモンばっかり食べてるさけぇ」

わたしが口をとがらせると、

「ホルモン屋やからいうて、いつも肉食べてるわけないやろ。ほんまにあんたって子は」

と、あきれた。

「ほんまや。毎日、食べてる」

「はいはい。それじゃ、そうしとこ」

お母さんはわたしの広いおでこを、親指と中指でピンとはじいて、笑った。

スナちゃんがホルモンを毎日食べているのは、ほんとうだ。背がのびたわけを聞いたとき、わたしの耳にぶあついくちびるをおしあて、

「うちな、お客さんの残したホルモン食べてるんや。ちっともきたないことないで。はしつけんと、そのまま残してるんや。すてるのもったいないやろ」

といった。

「そりゃそうや」

背が高くなりたいわたしは、力をこめてうなずいた。

「そやろ。こんど和ちゃんにもおすそわけしてやる」

「きっとやで。約束やで」

わたしがつきだした小指に、スナちゃんは自分の小指をからませ、「指きった」とうでを

ふった。

けれども、スナちゃんはまだ一度も、ホルモンをおすそわけしてくれない。

スナちゃんは両手を口にあてて、まだ笑っている。笑いながら「魔女や、魔女や」と、口をパクパクさせた。

きのう読み終えた「空をとべない魔女」のあらすじを、石けりを始める前に、スナちゃんに話したばかりだ。

魚売りが魔女のミューシャに似ているといったら、スナちゃんはうれしそうな顔をして、いまかいまかと、魚売りを待っていた。

じっさい魚売りは、どこから見てもミューシャだった。黒装束のところも、長い髪を頭のてっぺんでおまんじゅうにしているところも。

そしてなにより、右の目だけがつり上がっているところが。

前かごにぶら下げた鐘も、ミューシャが敵をイボガエルに変えるときうちならす、のろいの鐘にそっくりだった。お話の結末は、ウイリアム博士に追いつめられた魔女のミューシャが魔法の力をなくし、空を飛べなくなる。

「鐘にさわったらあかんで。カエルにされるから」

ふざけていったつもりなのに、スナちゃんは、大まじめで顔をひきつらせた。

魚売りが引く自転車が、荷物の重みでぐらぐらしている。だれかがほんの少し魚売りにふれるだけで、たおれてしまいそうだ。ほとんどみぞの消えかかった後輪が、土の中にめりこんでいる。

魚売りはわたしを見ても、にこりともしない。もともと、あいそがないのだ。日に焼けた化粧っけのない顔には、黒い大きなシミがいくつもあった。わたしは大急ぎで家の中にかけこんだ。

「お母さん、ミューシャが来た」

「えっ、だれ?」

「ミューシャ。さ・か・な・う・り!」

「ああ、魚」

チョゴリにアイロンをあてていたお母さんが、ようやく顔を上げ、アイロンの線をぬくと、背筋をうーんとのばしながら立ち上がった。グレーのスカートに緑や金色の糸くずがくっついていた。

外に出ると、魚売りはもうアルミの箱を荷台からおろしていた。ものすごい力だ。スナちゃんは少しはなれたところから、そんな魚売りのようすをじっと見ていた。

「今日は何があるの？」

糸くずをとりながらたずねるお母さんに、魚売りは箱のふたを開けながら「ハタハタが安いで」とこたえた。

「ハタハタはこの前もろたし」

お母さんは、箱をのぞきこんだ。

わたしもマネをする。

箱の中にはへびのように胴の長い魚が、銀色の体をぺたんとのばして横たわっていた。

「りっぱな太刀魚やねぇ」

お母さんはそれを、人差し指でちょんちょんとつついた。

「身がしまっとる」

お母さんに身がしまっとる、といわれた魚は、西日を浴びて銀色の体をてらてら光らせた。その横に、やぶにらみをした平らな魚があった。

「これ、ヒラメ？」

お母さんに聞いたのに、お母さんは知らんぷりして、ふたつめの箱を熱心にのぞきこんでいる。

「ねぇ、これ、ヒラメ？」

「ああ、それはカレイ。若狭ガレイやで。おいしいで」

お母さんの代わりに魚売りがこたえた。

わたしはヒラメとカレイの区別がつかない。

「魚はふつう、左右、同じなんよ。形も色もな。だけどヒラメとカレイは例外。左右、それぞれちがうんよ。ヒラメの目はふたつとも左側についてて赤茶色。右側が白色。カレイの目は右側についてて右側が赤茶色、左側が白色」

わかった？　というように、魚売りはわたしの目を見た。

どっちから見て左で、どっちから見て右なんだろう。

わたしは、あいまいにうなずいた。

「そのタラ、なんぼするの？」

あれこれ見ていたお母さんが、氷の上でひくひくえらを動かす、大きい魚を指差した。

魚売りはタラをはかりにのせて、ぐらぐらゆれるてんびん棒の重りを左手でずらす。

はかりが水平になったのを見て、魚売りがいった。

「タラは今日はちょっと高うてなぁ。これで百二十円やわ」

「ほんまや、ちょっと高いわぁ。百円にしてくれたら買うけど」

魚売りはちょっと間をおいて、

「ええよ、それで。ちょっとでも荷物軽うして帰りたいさけぇ」

と、こたえた。

お母さんはほんと、ねぎり上手。すました顔をして、さらっとゆうから。

でも、お父さんはへたくそ。

お父さんは太いまゆをぎゅっとよせて「高い」てひとこと。お店の人が根負けするまで動かない。

「どうする?」

魚売りがたずねた。

「そうやな、内臓だけ出しといて」

お母さんはこういい置いて、なべをとりに家の中に入っていった。

氷の上からいきなりわしづかみにされたタラが、おどろいて尾びれをくねらせる。そのひょうしに、水しぶきが飛び散った。

魚売りはあばれるタラの頭とえらの間に、ざくっと太い出刃包丁をいれた。どすぐろい血がまな板の上に広がっていく。勢いよくハネていた尾びれが、ひくひくと二、三度上下にゆれ、やがて動かなくなった。

頭と胴が切りはなされて、ごろんと転がった。ぽこっともりあがった、丸い小さな目をかっと見開いて、タラはわたしをにらみつけていた。わたしはおもわずあとずさりした。

肉を食べるときは何も思わないくせに、魚を食べるときだけ、妙な気持ちになるのはどうしてだろう。

魚の目を見ていると、食べられることを納得しているのかな……と思うのだ。

いつだったか、そのことをお姉ちゃんに話すと、

「ようするに、食べたくないためのいいわけやね」

と、あっさりかわされた。

「あんたは大げさなんよ。魚のほねぐらいでいっつもさわいで」

二日前もそういわれたばかりだ。

食べるたびにほねをのどにつまらせるわたしに、いまではもう、家族のだれも同情し

てくれない。

ほねがのどに引っかかったときは、ごはんをぎゅうぎゅう口の中におしこんで、一気に飲みこむ。

さしずめ、へびが大きな獲物を丸飲みするような、感じ。

朝鮮式のどぼねの取り方、とわたしは名付けた。

ふつうはたいがい、それでうまくいく。けれども、二日前の夕飯どきは、何度やってもほねははずれなかった。

悲しくないのになみだが出た。のどが気になって、わたしはごはんを食べるのをあきらめた。それからなみだを流しながら、みんなの食べるようすを見ていた。だれもわたしのことなど気にせず、にくらしいくらいゆっくりと、おいしそうにごはんを食べた。わたしはちょうどアルミの箱に横たわる若狭ガレイのように、目だけを動かせて、なみだを流しながらみんなをにらみ続けた。

食後、お父さんとお母さんがかわるがわるわたしののどをのぞきこんだけれど、どうにもならないと思ったのか、わたしは病院に連れていかれた。

赤ら顔の野崎先生がのどに光をあてて、長いピンセットでぐいっとほねを引きぬいた。

わずか一秒。

「ほれ、ささってたやつ」

野崎先生が笑って目の前につきだしたピンセットの先に、細い小さなほねが二本、くっついていた。

魚はわたしをきらってる。わたしは確信した。

魚売りはあっというまに内臓をとりだすと、それを横にさげているふくろの中にいれた。

なまぐさいにおいがあたりにただよう。

なべといっしょに、お母さんが青いバケツに入った水を持ってきた。

「いつもおおきに」

魚売りはこういって、お母さんからバケツを受け取ると手をあらった。

魚売りは、やっぱり黒い前かけでぬれた手をふくと「そうや、ええもんある。さっき向こうでもろたもんやけど」

といいながら、前かけのポケットからあめを取りだした。

「ほれ」

わたしとスナちゃんの前に広げた手は、意外にも細く、きれいだった。

薬草で作った魔女のあめ。

食べたらたちまちイボガエル。

わたしがためらっていると、

「娘さんに持って帰ったらええのに」

とお母さんがいった。

娘がいるんだ、魔女には。

スナちゃんを見ると、スナちゃんは口をぎゅっと閉じて、目をパシパシさせた。

「うん。うちの子の分も、まだぎょうさんあるし」

「わるいねぇ。和、せっかくやからもらい」

「ほれ」

魚売りがまたいった。

「おおきに」

わたしとスナちゃんは、魚売りの手からあめを受け取った。魚売りの手についていたうろこが、お日さまにあたってきらきら光った。

「さかなー、さかなー。ハタハタ安いで」

魚売りは自転車をふらふらさせながら、もと来た路地を帰っていく。

三つのアルミの箱に、魚はまだまだ残っていた。

「売れ残ったらどうするんやろ」

「あんたがそんな心配してどうするん」

お母さんはふふんと笑った。

あめはセロファンに包まれていた。

わたしはセロファンのはしを指でつまんで、そっと鼻に近づけた。プーンと魚のなまぐさいにおい。

「スナちゃんにやる」

わたしはあめを持った手をつきだした。

「ええの？」

「うん、ええ」

スナちゃんはセロファンをむいて、あめを口の中にほうりこんだ。丸い大きなあめを口の中で上手にころばせながら、くちゅくちゅ音をたてた。

「おいしいで。ほんまにもろてええの？」

「ええ。そやけど、イボガエルになっても知らんで」

スナちゃんはうっ、とのどをつまらせ、白目をむいた。

「あはは、うそや」

あめを飲みこんでせきこむ、スナちゃんの背中をばんばんたたきながら、わたしはおかしくてなみだが出た。スナちゃんも目尻にうっすらなみだをにじませ、真っ赤な顔をして苦しそうに笑った。

2

おしっこがしたくなって、夜中に目が覚めた。

風がひゅんひゅんうなり声をあげて、ふきあれていた。

はがれかけた納屋の戸板が、風に合わせるように、バタンバタンと大きな音をひびかせている。おせじにもリズミカルに、とはいえない。

うす暗がりの中でうでをのばして、まくら元の目覚まし時計を見ると、一時をほんの少し、まわっていた。

お姉ちゃんはパジャマにもきがえないで、参考書の上につっぷして、軽いねいきをたてている。

高校受験は一年以上先なのに、お姉ちゃんは必死だ。県立高校の普通科は楽勝だっていうのに、その上の、特進をねらってるから。

どうしてそこまでするのかなぁ。

高校へなんか、無理して行かなくってもいいや、と思っているわたしからすれば、お姉ちゃんは異常なガリ勉虫。

「お姉ちゃん、かぜひくよ」

お姉ちゃんはぴくっとかたを動かし、ゆっくりと顔を上げた。

「かぜ、ひくよ」

もう一度そういって、布団をぬけだした。夜気が布団の中で温められていた体を一気に冷やす。たちまちもれそうになって、前をおさえながらバタバタ、トイレにかけこんだ。

目のはしに板の間からもれたあかりが見えた。トイレをすませて板の間をそっとのぞくと、背中を丸めてはりに糸をとおすお母さんがいた。

さいほう台の上には、できあがったばかりのチョゴリがあった。

こいピンク地に金色の鶴のししゅう。えりとそで口はチマと同じ、あざやかな緑。

そっとさわってみる。

つるっとしたやさしい感触が、手のひらに伝わってくる。

夏のさかりをのぞいて、お母さんはたいがいチョゴリの仕立てをしていた。この町にはチョゴリをぬえる人は、お母さんしかいない。

お母さんは花嫁衣装だけでなく、男の人がきるパジ・チョゴリやトルマギとよばれる外套、それにポソンまで、たのまれればなんでもぬう。

ポソンはチョゴリをきるとき必ずはく足袋で、先がとがっている。一度こっそりはいたら、とても歩きにくかった。

わたしに気づいて、お母さんがふりむいた。

「もう、できたん？」

「きれいやろ。あんたがお嫁に行くときも、ぬってあげるからね」

お母さんの形のいい口元が、ふっとゆるむ。「いらん。うちはこんなのいらん」

チョゴリから手をはなして、わたしはきっぱり、いった。

お嫁に行くときは、白いレースのウエディングドレスと決めている。ウエストがきゅっとしぼってあって、そではふっくらしたちょうちんそで。それからベールは三メートルはある、長い長いやつ。ブーケは大すきなカラーの花。

やっぱりレースのてぶくろをはめて、パイプオルガンに合わせてしずしず歩く。

「あら、和はお嫁に行かんつもり？」

「行くけど、これはいらん。お母さん、うちはウエディングドレスでお嫁さんになる」

「そんなこといわんといてよ。お母さん、あんたらの花嫁衣装ぬうのが楽しみなんよ。ほら、ちょっとあててごらん」

お母さんはチョゴリを広げて、わたしの体にあてた。

「どうや、ええ感じやろ」

「けど……やっぱり、ウエディングドレスのほうがええ」

返事とはうらはらに、鏡の中のわたしはしまりのない顔をしていた。

板の間のすみには、ふろしきに包まれた生地がどんと積まれていた。

「それみんなぬうの？」

「そうや。お正月までにほしい人ばっかりやもん。きばらんとまにあわん。さ、仕事仕事」

お母さんはこういって、またミシンの前にすわった。

「まぁ、どうりで冷えると思た」

声につられて外を見ると、まどをたたきつけていた風が止まり、代わりにぼたん雪が、さりさりとふりはじめていた。

「かぜひくよ、布団に入りなさい」

お母さんがミシンをふみながらいった。

わたしは聞こえないふりをして、まどを細く開けた。
真夜中なのに白い空。
つめたくて透明な空気が、生まれたばかりの雪を、包みこんでいる。
両手で雪をうけた。
雪はふわりと手のひらにおりて、そして消えた。あとに残された丸い小さな水の玉が、
ぷりんとゆれた。
「早くねなさい。あしたはいそがしいで」
「うん」
返事をして、もう一度手のひらに雪をうけた。
白い空が少しずつお正月を運んでくる。
一九六一年のお正月は、もうすぐそこ。

カーテンのすきまから、淡い朝の光がこぼれていた。
夕べの雪はどうなったのだろう。
急いで布団からぬけでると、両手でおもいきりカーテンをひいた。オレンジ色の日差

しが部屋に入りこんできた。

くもったまどガラスにひたいをくっつけて外を見ると、屋根の上にも地面にも、そして葉を落とした枝の上にも、雪はどっさりふりつもっていた。

朝の光を浴びて、きらきらとオレンジ色にかがやく雪。


もちつき日よりだよー。

もちつき日よりだよー。


チューリップがらのエプロンをつけた順子が、雪を丸めながら、すずめを追いかけ回していた。

「どうしたん、それ」

見なれないエプロンだった。

「お母ちゃんがぬってくれた」

「あんたのだけ？」

「そうや。いいやろ、和姉ちゃん」

わたしは最後まで聞かずに、台所に走った。

「お母さん、うちのは、うちのはどこにあるの？」

やかんを火にかけようとしていたお母さんが、何事かというようにわたしを見た。

「エプロンや。うちのもあるんやろ」

ちょうどそのとき、お姉ちゃんが入ってきた。「和、あんた、なにしてるん。いそがしいんやからさっさと手伝い」

「あっ、お姉ちゃんも……」

これ？ といって、お姉ちゃんはにたっと笑った。

「残り布で作ったさかい、あんたの分、とれんかったの。つぎは必ず作ってやるから、しんぼうして」

お母さんはこまった顔をした。

「いやや、うちも同じのほしい。うちだけいつもはみごや」

わたしは足をふみならし、泣きさけんだ。

「つぎに作ってやるっていうてるやない！」

お母さんは大声でわたしをどなりつけ、それでもわたしは「はみごや、はみごや」といいながら泣き続けた。

十時をすぎたころ、いつもの年の瀬のように、スナちゃんの家族や木崎町の福子おばさん、それから春子おばさんたちがやってきた。石うすはわが家にしかなかったからだ。

「和ちゃん、どうしたん」

スナちゃんが、真っ赤にはれたわたしの目をのぞきこんだ。

「泣いたん？」

わたしはだまっていた。

「もちつきすんだら遊ぶ？」

スナちゃんが、またいった。

わたしは軽く首を横にふった。

スナちゃんはがっかりした顔をした。

みんなが帰ったあと、お母さんはシルトッとよばれる朝鮮もちの準備にとりかかった。

わたしはこのシルトッが大すき。

「水加減が大事なんよ」

お母さんは前日からひいておいたお米の粉に、水を加えていく。

両の手のひらで、やさしく粉をこすりあわせながら、玉になった粉をつぶす。

「お母さん、うちもやりたい」

「和はじゃまじゃま」

お姉ちゃんがわたしをおしのけて、お母さんの横にすわった。

「ずるいよ、お姉ちゃん」

「遊びじゃないんやで、これは」

お姉ちゃんは、なんだかきゅうに、おとなの女の人になったみたいだ。

「そんなん知ってる。ね、お母さんちょっとだけ」

やっときげんがなおったわたしに、またへそを曲げられたらこまると思ったのか、お母さんは、

「じゃ、ちょっとだけ」

と、意外にもあっさり承諾した。けれどもつぎの瞬間、

「和、なんやの、その手。あらっておいで。石けんできちんとあらうんやで。ついでにつめも切る」

そういって、わたしの手をぴしゃりとたたいた。

わたしのつめは、おそろしくのびていた。

「待っててや。ぜんぶやったらあかんで」

ふたりに念をおして、大急ぎで手をあらいつめを切った。もどってきたわたしに、

「こんなふうにするんやで」

お母さんがお手本を見せてくれる。

おそるおそる粉を取る。

「もう少したくさん」

お姉ちゃんがいった。

今度は両手で持てるだけ持って、粉をこする。粉は手の中で団子になった。何度やってもうまくいかない。

「あんたって、ほんま不器用やな」

せわしなく手を動かしながら、お姉ちゃんはいつものように、ふふん、と底意地の悪い笑い方をした。

(不器用で悪かったね)

わたしはもう一度粉を取って、手のひらでこすってみた。やっぱり団子。あきらめて、

お母さんとお姉ちゃんの手元をじっと見つめる。

粉がみるみるうちにぱらぱらになり、大きな山をつくっていく。それが終わると、お母さんはむしなべにふきんをしいて、その上にあずきを広げた。まぜおわった粉を二センチのあつさにのせて、またあずきをしく。

お母さんはそれをむしなべいっぱいになるまでくりかえして、火にかけた。

シュワシュワと湯気がたちのぼり、あずきの煮えるにおいが台所に立ちこめた。わたしは大きく息をしてそれをすいこんだ。

そのときとつぜん納屋から、ケケケケとにわとりの苦しそうな鳴き声がした。

「お父ちゃん、だいじょうぶ!」

興奮した順子の声が聞こえる。

お正月料理のメインディッシュになるにわとりが、お父さんに血をぬかれた瞬間だった。

「ざんこく、ざんこく」

「じゃ、あんたはにわとりのむしやきは食べんのやね」

お姉ちゃんがすかさずいった。

「食べるよ。うちの好物や」

「どうせ、ほねまでしゃぶるんやろ」

「そうや。肉とほねの間が一番おいしいんやで」

「わっ。あんたの食べるとこ想像するだけで、なんや、にわとりがかわいそうになってきた」

お姉ちゃんは大げさにかたをすくめた。

「きれいに食べてあげるほうが、にわとりも喜ぶよ」

「だったら、ええけどねぇ。これぱっかりはにわとりに聞けんし。残念、無念」

湯気の向こうで、お姉ちゃんの顔がゆれた。


大みそか。

お母さんは竹の棒にふるいをかけて、玄関横に立てかけた。

夜光鬼というトッケビが、大みそかの夜、はき物をねらって子どものいる家に天からおりてくる。足にあうものがあればそのままはいてにげる。

お母さんは固くそう信じている。お母さん以外、だれもそんなことを信じちゃいない。

それなのに「とられた人は、その年は不幸になるからね」と大まじめで、玄関に投げ出された家族みんなのくつやサンダルをかたづける。

「ふるいの穴を数えるくせがあってね、数え終わってからはき物を探すから、そのときはもう夜が明けるってわけ」

「そのトッケビは一、二、三までしかよう数えられんのやろ」

順子がいった。

「迷信にしてもあほなトッケビや」

わたしがいうと、

「迷信やないで、ちっちゃいころ、くつ取られてえらいめあったもの」

と、お母さんはムキになった。

「そのトッケビってどんな顔してるの」

「どんな顔って、そら知らんけど」

「なんや、しょうもない。お父さんは見たことある?」

お父さんはあるともないともいわないで、あきれたようにお母さんを見た。

お正月の朝、目が覚めると横にいるはずのお姉ちゃんはいなくて、まどには白い雪がはりついていた。

わたしが起きるのを待っていたように、お母さんが部屋の戸を開けた。

「きがえて木崎町の福子おばさんのところへいってきて」

「えー、うちが行くん」

「あんたしかおらんやない」

「順子は？」

「こんな雪ふってるのに順子ではむりや。はよ行って、みんなすぐ来るようにいうてきて」

お母さんはいそがしそうに、小走りで台所にもどっていった。

わたしはのろのろときがえをすませると、洗面所に向かった。少し開いた洗面所のまどに、太い大きなつららがたれさがっていた。それを一本折ってタオルにくるみ、お父さんとお母さんの部屋に入っていった。

順子は四月になると三年生だ。それなのに、まだお父さんたちといっしょにねている。

わたしはすやすやねむっている順子の首すじに、つららをおしあてた。

「ぎゃぁ」

大声をあげて順子が飛び起きた。

「ほら、もう起きろ」

わたしはつららを、また順子の首にあてた。

「お姉ちゃんのあほ！　お母ちゃんにいうてやる」

すっかり目が覚めた順子は、おもいきりわたしをつきとばすと、泣きながら台所にかけこんでいった。

つきとばされたはずみに布団の上に投げ出されたつららが、少しずつとけていく。

「和、なにしてるの。お正月の朝からおこらせないの」

お母さんが目をつり上げて、すっ飛んできた。順子はなみだと鼻水でぐしゃぐしゃになった顔でわたしをにらみながら、お母さんの白いエプロンのはしをにぎっている。

布団の上のつららに気づいたお母さんが「ひゃぁ」と悲鳴をあげた。

「章子、かわいたタオル持ってきて。早く、早く」

お母さんの横をすりぬけざま、まだエプロンをにぎりしめている順子の頭を、こぶしでぐりぐりおした。

「あんた、また何やったの」

台所ですれちがったお姉ちゃんがいった。

「ふん、べつに」

わたしはお母さんのコートをつぶして作った、赤とグレーのツイードの半コートをきて外へ出た。かっぱをきたお父さんが、雪かきをしていた。

川に、雪を投げこんでいる。路地の半分はすでに雪かきが終わっていた。

「お父さん」

ふりむいたお父さんの顔が赤い。お父さんはスコップを雪に立てかけると、首にまいていたタオルでひたいのあせをぬぐった。

「寒いのに暑いの？」

「ああ、寒いのに暑い」

お父さんはふうっと息をはいて笑う。

「ひとりでしんどいやろ」

「そやな。和が男やったら、もう一人前やのにな」

「うちも男がよかったわ。そしたら順子をけらいにしてやる」

「なんや、またケンカしたんか」

「なまいきや、順子は」

お父さんは、しょうがないなぁ、という顔をした。

「福子おばさんのところか?」

「うん」

「気比さんの中、通っていったら早いけど今日はあかんな。こんな雪やから人の道がついてないやろ」

わたしはうなずいて「行ってくる」とこたえた。

どこの家の前も、どっさり雪がつもっている。それでも人ひとりがようやく歩けるだけの道ができていた。

わたしは、だれかがふみしだいていったくつあとの上を歩いた。

お姉ちゃんのお下がりの長ぐつは底がすりへって、雪の上ではよくすべる。親指に力を入れて歩いても、何度も転びそうになった。わきの下からあせがじわっとわいてくる。

税務署の角を曲がったとき、とつぜんバシッと音がした。おどろいてふりあおぐと、杉の小枝が、雪の重みでぐにゃりと折れ曲がっていた。雪がわたしをめがけて落ちてくる。

「わわわわわ」

さけようと体をねじったとたん、バランスをくずした。枝の折れる音よりも大きな音をたてて、わたしは雪の上にたおれこんだ。

福子おばさんの家は目の前だった。

「おばさーん、福子おばさーん」

体が雪の中に深くしずみこんで、すぐに起きあがれない。

「おばさーん、福子おばさーん」

声を聞きつけてまどから顔をのぞかせたおばさんが、あわてて表に飛び出してきた。雪で真っ白になったわたしを急いで助け起こすと、「なんや、雪だるまみたいや」とおかしそうにいって、顔、髪の毛、服といった順番に雪をはらいのけてくれる。わたしはされるがままになりながら、

「福子おばさん、みんな待ってるよ。早く来て」

といった。

「ああ、わかった。すぐ行くから」

「うん、すぐやで」

おばさんたち家族がやってきたのは、それから一時間もたってからだ。

「お正月は毎年ウチでやってるんやから、よびに行かんでも、時間どおり来るべきや」

お姉ちゃんが、腹立たしそうにいった。

お母さんだってやっぱりそう思っているくせに、「これっ」とお父さんのほうを気にしながら、お姉ちゃんをたしなめる。

福子おばさんはお父さんの妹だから、お母さんはあまり強くいえない。それに、おばさんはなんといっても男の子を五人も産んでいるから、堂々としていた。

ずいぶん前になるけれど、福子おばさんがお母さんのことを「あの人は女腹だからねえ。兄さんも苦労するわ」と春子おばさんに話していたのを聞いたことがある。

「男の子でも女の子でも、子どもがほしい」

春子おばさんはなみだぐんでいた。

「女腹ってどういうこと?」

お母さんに聞くと「だれがそんなこと」といったきりだまった。

「福子おばさん」とこたえると、お父さんはちっと舌打ちして、プイと席を立った。

それからお母さんは、長いこと泣いていた。

女腹だったら、どうしてお父さんが苦労するのか。それを聞いてどうしてお母さんが泣いたのか、わけがわからなかった。

おとなって、なんてややこしいんだろう。

お姉ちゃんまで「和、なんであんなこというたん。お母さんがかわいそうやろ」といって、わたしをせめた。

お姉ちゃんも、近ごろ、だんだんややこしくなる。

3

一月最後の金曜日。

夕食も食べずに出かけたお父さんは、九時すぎに帰ってくると、キムチとするめを前にいつもより早いピッチで、どぶろくを飲み始めた。

わたしたちが自分たちの部屋に引き上げてほどなく、お父さんのどなり声とお母さんのいかりに満ちた声がもれてきた。

「で、あなたはそれで、承知したんですか」

「なんかいいうたらわかるんや。しょうがないやろ。いまははらえんいうのに……。鉄浩にも事情があるんやさけぇ。いまさら地代が値上がりするから、自分の分は自分ではらえっていえんやろ。最初から、こっちがみなもつつもりで、二軒分、借りたんや」

「そんな……。もう、事情がちがうやないですか。向こうは向こうでりっぱにやってるし。あなたはいつだって他人の心配ばっかりして」

「鉄浩は他人やないぞ！」

お父さんの声が、また大きくなった。お母さんも、なぜか今日は負けていない。

「……鉄浩さんは別の土地買って、もうじき家を新築するやないですか。お金がないわけやなし。それに、いままでの分をはらってくれっていうてないでしょ。これからの分を出してほしいいうてるだけやないですか。それを出せんやなんて」

「……」

「あなたも、あなたですよ。だまって承知して。うちは、章子が高校に行くし、これからなんぼでもお金いるんですよ。雨ふったり雪ふったりしたら、収入だってぐっとへるし。このままやったら、学校どころか、あしたの米も買えんようになる……。少しはわたしらのことも……」

「心配せんでも、おまえらのことも考えとる。男のやることに、女ががたがた口出すな！」

お父さんのどなり声で、障子がひたひたゆれた。びくっとして順子を見ると、順子はいまにも泣きだしそうな目をしていた。

数学のテキストを開いて、ノートにえんぴつを走らせていたお姉ちゃんの背中が、ゆれた。

お父さんと鉄浩おじさんは、朝鮮にいたらつきあいのないほど遠いしんせきだ。先に日本に来ていたお父さんを頼って来た鉄浩おじさんは、いつまでも日雇い人夫のお父さんとちがって、いまでは土建屋の親方。いつも乗馬服をきて、茶色い革の、長いブーツをはいていた。鉄浩おじさんをかっこいいといったら、お姉ちゃんはけいべつするような目でわたしを見て、「どこが」といって鼻で笑った。そして、

「人を威圧するためにあんなかっこうして、みっともない。酒ぐせ悪いのも最悪」

と続けた。

お姉ちゃんのいうとおり、おじさんはよっぱらうと、みさかいなくケンカした。留置所にも何度もいれられ、そのたびに、お父さんが引き受けにいった。めいわくといえばめいわくな話。けれども、お酒を飲んでいないときのおじさんは、おとなしくてやさしい。

そしてわたしは、そんなおじさんがすき。

「お父さんは人がよすぎるんや。いまどき、そんなん、はやらん」

お姉ちゃんは乱暴に、ノートをパタンと閉じた。

道のここかしこに根雪は残っていたけれど、陽はやわらかくなり、かくじつに春が近づいていた。

路地いっぱいに、材木を積んだトラックが横付けされ、藍染めのはっぴをきた大工の棟梁と若い衆が、朝早くから路地を行き来した。

それが二か月も続いて、鉄浩おじさんの家が完成した。

一階の事務所に『山下土建』の新しい看板がかけられた。

おじさんたちの住まいは、事務所とろうかでつながっていた。わたしはものめずらしさもあって、山下土建に入りびたった。十日ほどがすぎたある雨の日、青くさいたたみの上でねころがって本を読んでいると、買い物から帰った春子おばさんがわたしの顔をじっと見て、「和ちゃんがおばさんちの子になってくれてたらよかったのにねぇ」としみじみいった。

それからおばさんは、わたしのためにカステラを切り分けてくれた。わたしが食べている間中、おばさんの手は、わたしのおかっぱ髪をさわっていた。

「黒くて、すべすべしてるねぇ。お人形さんみたい」

「春子おばさん、くすぐったいよ」

わたしはそういいながら、昔々、同じようなことがあったことを思い出した。

鏡に向かって、いつまでもわたしの髪をすく春子おばさん。

春子おばさんは鏡のわたしに向かって、

「和ちゃん、おばさんちの子どもにならん？」

と聞く。

わたしはそのたびに、

「お父さんがええっていうたら」

とこたえる。

「お父さんかぁ。お父さんがええっていうたら、ほんまにおばさんの子どもになってくれる？」

「うん」

わたしは鏡の春子おばさんを見て、大きくうなずく。

お父さんはそんなことぜったいいわないと思いながら、わたしは春子おばさんにあまえる。

けれども、その瞬間不安になる。

お母さんはわたしをもらいっこに出すかもしれない。

だって、わたしはお母さんにあまえたことがないんだもの。

お母さんのそばには、いつだって順子がいて、いつだってお母さんのひざを占領していた。

「春子おばさん、いいにおい」

わたしはおばさんのお化粧のにおいがきらいなのに、こういって、あまえる。

そんなことがあった日の夜、わたしは鉄浩おじさんと春子おばさんの間でねむりながら、決まってこわい夢を見た。

三つだったか四つだったか。

どっちにしても、遠い思い出。それなのに、

「和ちゃんは夢を見ると、よっくオネショしたね。おじさんのねまきもおばさんのねまきも、和ちゃんのおしっこでぐっしょり」

おばさんは、まるできのうのことのようにいって、ほほえんだ。

おばさんの家の子になっていれば、いまごろわたしはひとり娘のおじょうさまだ。洋服だって本だってすきなだけ買ってもらえたかもしれない。お下がりなんて、いっさい

なし。

ふとそんなことを思った自分に、どきっとした。

それからしばらくして、魚売りのミューシャが、いつもの自転車に魚のかわりに小さな荷物をのせてやってきた。ミューシャは私と同じぐらいの女の子を連れていた。

魚を売るときとはちがって、ベージュ色のコートにきれいな花がらのスカーフをしていた。頭のてっぺんでおまんじゅうにしていた髪は、かたの上で軽いウエーブになっている。

魚を売りにきていた人と同じだとは、思えない。だけどやっぱり魚のにおいがした。

魚売りはわたしににこっとあいそ笑いをして、春子おばさんが住んでいた長屋に入っていった。

「ここでくらすん?　あのおばさん」

「みたいやな」

お姉ちゃんはなぜだかイヤな顔をしていた。

夜、鉄浩おじさんと春子おばさんが、魚売りとその子どもを連れてあいさつにきた。

「縁あって山下さんのお世話になることになった中村です。この子は佐和子です。四月から中学生なんですよ」

ふたりはお父さんの前でかしこまっていた。

「和ちゃん、仲よくしてやってな」

春子おばさんがいった。

「そうや、佐和子は和子と年が近いから仲よくな」

鉄浩おじさんは少してれくさそうにこういって、コップのどぶろくを飲みほした。

「章子、章子」

お母さんの声が聞こえるはずなのに、お姉ちゃんは部屋から出てこない。

「よんでこい」

お父さんがおこった。

わたしはあわててお姉ちゃんをよびにいった。お姉ちゃんはかべにもたれて本を読んでいた。

「お姉ちゃん、お父さんがよんでる」

お姉ちゃんは本に視線を落としたまま、顔を上げない。

「お姉ちゃん、早く来いっていうてるよ」

「うるさい！」

お姉ちゃんは目をつり上げて、わたしをにらんだ。そして、読みかけの本を乱暴に放り投げて、はきすてるようにいった。

「おとなはきたならしい。なんでうちが鉄浩おじさんのおめかけさんに、いちいちあいさつせなあかんの」

「えっ、おめかけさんて、佐和ちゃんのお母さんのこと？　それ、なんのこと？」

お姉ちゃんはハッとしてわたしを見ると、

「別になんでもない」

といって言葉をにごした。

「いいかけていいわんのはアカン」

わたしはつめよった。

「あんた、いらんことというたらあかんで、口がさけても、ぜったいいやで。約束守れるな」

「守る」

「ほんならいうけど、佐和ちゃんのお母さんはな、山下土建のあととり産むために来たんや」

お姉ちゃんがなにをいっているのか、よくわからなかった。お姉ちゃんのけわしい顔とひそひそ声が、わたしを不安にさせた。

久しぶりに山下土建に行くと、事務づくえの前に魚売りのおばさんがすわって、帳簿をつけていた。その横に佐和ちゃんがいた。カステラにフォークをつきたてていた。

なに？　というふうに、ふたりが同時にわたしを見た。

わたしはこおりついたように、動けなかった。

事務所のかべの色もつくえの位置も、なにもかも同じなのに、なにかがちがう。まるで、よその家みたいだ。

「春子おばさんやったら、いまおらんよ」

「どこ、行ったん？」

さぁ、というように佐和ちゃんはかたをすくめた。

あともどりしようとしたとき、鉄浩おじさんとぶつかった。

「和、どうしたんや」

おじさんの手がわたしのかたにふれた。わたしは返事もせず、おじさんの手をふりはらった。

「お父さん、わすれもの？」

うしろで、これみよがしに鉄浩おじさんにあまえる、佐和ちゃんの声がした。

佐和ちゃんが鉄浩おじさんのことを、お父さんていった。

（なんで？

なんで、鉄浩おじさんがお父さんやの？

鉄浩おじさんが佐和ちゃんのお父さんやったら、春子おばさんは佐和ちゃんのお母さんになったん？　そしたら佐和ちゃんのお母さんはどうなる？　ほいでも、佐和ちゃんは春子おばさんを、お母さんていわんかった）

もつれた糸のように、いま見聞きした光景がからみつき、頭がくらくらした。

和ちゃんが、おばさんちの子どもになってくれてたらよかったのにねぇ。

春子おばさんの言葉を思い出した。

鉄浩おじさんをお父さんとよんだ佐和ちゃんのなれなれしさに、妙に気持ちがたかぶっていく。

「魚売りのおばさんはやっぱり魔女や。魔法をつこて、いつのまにか春子おばさんの家にのりこんできた。うちは、もう少しで春子おばさんの子どもになるとこやったんやで。お父さんがぜったいあかんていうたから、春子おばさんの子どもにならんかっただけや。春子おばさんも鉄造おじさんも、お姉ちゃんや順子より、うちが一番すきやったんや」

スナちゃんの顔に、つばがいっぱいとんだ。スナちゃんに話しても、興奮はなかなかおさまらない。

だまって聞いていたスナちゃんが、それで、といった。

「それで、和ちゃんはどうしたいん？」

「えっ、うち？」

「そうや。いまから、山下さんちの子どもになるんか」

「……」

わたしは言葉につまった。そして、いっしょに腹を立ててくれないスナちゃんに、ムカついた。

「スナちゃんなんかに、うちの気持ち、わかるわけないわ。もう、ええ！」

佐和ちゃんと、直接対決するしかない。

郵政官舎の板塀を背にして、佐和ちゃんはイライラしながら、わたしを待っていた。

腰のあたりにまで下草がしげっていた。

塀で仕切られているだけなのに、車の音も人の声も聞こえない。まるでこの中だけ別世界のように、しんとしていた。

あかね色にそまった空が、徐々に闇をふくんでいく。のらねこのレモンとトマトの母子が走りよってきて、ニャーゴと足元であまえた。

「いったい、どういうつもりやの。こんなとこよびだして」

早く話をすませたい、というふうに、佐和ちゃんは、白くとがったあごをしゃくった。

佐和ちゃんに負けるもんか。

わたしは大きく目を見開いて、佐和ちゃんをにらみかえした。

「佐和ちゃん、なんで春子おばさんをお母さんて、よばんの？」

はぁ？　といったかと思うと、佐和ちゃんはけらけら笑いだした。

「あんた、なにいうてるん。なんでうちが春子おばさんを、お母さんてよばなあかんの」

今度は、人を小馬鹿にしたように、口元にうすい笑いをうかべた。

わたしはそれに気おされて、一瞬、たじろいだ。そして自分をふるいたたせるように、目にぐっと力をいれた。

「鉄浩おじさんには、お父さんていうてるやんか」

それは、といって佐和ちゃんはいいよどんだ。くちびるをなめ、何度も何度もつばを飲みこむ。

「お母ちゃんが……お母ちゃんが結婚したからや」

「だれと？」

「決まってるやんか。おっちゃんとや」

「おっちゃんて、鉄浩おじさんのこと？」

佐和ちゃんはだまっていた。

「鉄浩おじさんは、春子おばさんと結婚してるんやで」

「……」

「春子おばさんと結婚してるのに、佐和ちゃんのお母さんと結婚なんて、変や」

魔女を追いつめるウィリアム博士のように、わたしは指をぼきぼきならしながら、じりっ、じりっと佐和ちゃんにつめよった。

佐和ちゃんは真っ赤な顔をして、わたしから視線をはずした。

「変でもなんでも、結婚したもんは結婚したんや」

結婚というところに、佐和ちゃんは力をいれた。

「けど、うちはお父ちゃんなんか、ほしくなかったんやで。朝鮮人のお父ちゃんなんか、うちはいらん！　うちも、お母ちゃんも日本人や。朝鮮人のお父ちゃんなんかいらんわ」

朝鮮人のお父ちゃんなんかいらん、といった佐和ちゃんにいかりがこみあげた。

「そしたら、そしたら、結婚せんといたらよかったやろ」

佐和ちゃんのまつげがひくひくゆれて、光った。まつげの奥に、にくにくしげにわたしを見つめる目があった。

わたしはその目にいどむように、いいはなった。

「うち、知ってるんやで。あんたのお母さん、おめかけさんや」

ゆるりとふいていた風が、ひたと止まった。佐和ちゃんの顔が青ざめていく。

佐和ちゃんののどから、ヒィーという音がもれた。

はっとした瞬間、佐和ちゃんの右手がわたしのほおをひっぱたいていた。はげしい痛みが走った。

佐和ちゃんは能面のような顔で、体をぶるぶるふるわせ、まばたきもせずにわたしを見ていた。

にくにくしげにわたしを見る、そのまなざしの中に、深い悲しみの色がやどっていた。

「おっちゃんといっしょになったら、魚売りせんでもようなるし、高校にも行かせてもらえるって、お母ちゃんがいうたんや……」

声がかすれていた。

佐和ちゃんは、ゆっくりまばたきをした。それを待っていたように、佐和ちゃんの目からなみだがぼろぼろ流れた。

佐和ちゃんはかたで大きく息をして、くるりとうしろを向いた。

「佐和ちゃん……」

「佐和ちゃん……」

ふりかえった佐和ちゃんの目から、なみだがまだ、ぼろぼろ流れていた。なみだを流しながら、その目はしっかりわたしの目をとらえていた。

「あんたなんか、あんたなんか、大きらいや。……サイテー」

顔がゆがんでいた。

わたしは力がぬけて、ほうけたようにその場にしゃがみこんだ。

口がさけてもいっちゃいけない。

お姉ちゃんのいった意味が、ぼんやりとわかったような気がした。

なみだがあふれた。

なみだの先に、春子おばさんの顔がうかんだ。佐和ちゃんのお母さんの顔がうかんだ。

サイテー。

サイテー。

佐和ちゃんの言葉が、キンとむねをついた。

母さんねこのレモンがトマトの顔をなめている。トマトは気持ちよさそうにフニャと鳴いて、目をとじた。

レモン、レモン、なんであんなことというたんやろ。

どうしたらいい?

レモンはちろりとわたしを見上げ、またトマトの顔をなめた。

いつのまにかほおの痛みは消え、心がずきずきした。

夕闇が下草の上におりていた。

4

金が崎城の花換え祭りの日、わたしは十二歳になった。

目ざめるとのりを焼くいいにおいがした。お父さんはもうちゃぶ台にすわってごはんを食べている。

「はい、たんじょう日おめでとう」

お母さんがお赤飯とわかめスープをよそってわたしの前においた。ごま油で焼いた焼きのりもある。おめでたい日の我が家のメニュー。お父さんのたんじょう日はこれにタイの尾かしらがつく。

「夜、花換え祭りに行くぞ」

お父さんがいった。

「今日あたりは、さくらが満開やろねぇ。和が生まれた日はすごく寒くて、四月やのに雪がふったんよ。さくら見物に行ったらつぼみが固くて、なんやがっかりして帰ってきたら、急に産気づいて。大きな大きなあかちゃんやったから、えらかったわ」

当時を思い出したように、お母さんはふーと深い息をした。

「わたしって、かわいいあかちゃんやった？」

「そらぁ、かわいかったよ」

「ほんま、お父さん？」

お父さんはわたしの顔をちらっと見て、何もいわずにお茶を飲んだ。

「男の子やなかったから、がっかりしたんやね、お父さん」

お姉ちゃんはいつもの調子で、わたしをからかう。

「顔だけ見て、男の子やと早合点したんよ」

お母さんはおかしそうに、ほっほっと口をすぼめた。

「お父さん、うちは友だちと行ってええ？」

お姉ちゃんが真ん中で分けた長い髪をみつあみに結いながらいった。

「夜はあぶないから、あかん」

「うち、もう中学二年やで。おとなやで」

「あかん、みんないっしょに行くんや」

お姉ちゃんは返事をしない。

「もう、友だちと約束したんやって」

お母さんが助け船を出した。

今度はお父さんが返事をしない。

お父さんは熱いお茶をぐっと飲みほして、お母さんをにらんだ。

「母親のくせに心配やないんか。とにかく、あかん。わかったな！」

「横暴や。なんでもかんでも勝手に決めて。髪の毛切るのもあかんいうし。ああ、もう、いやや」

お父さんが仕事に出かけたあと、お姉ちゃんはせっかくあんだみつあみを乱暴にふりほどいた。

中二になって、お姉ちゃんはますますおこりっぽくなった。

「むずかしい年ごろやからね」ってお母さんはいうけれど、それだけじゃない。きっとカルシウムが足りないんだ。牛乳がきらいだから。

「あほなこと。その代わり、あんたとちがって魚すきやろ」

ふん、お母さんはすぐお姉ちゃんをかばう。そりゃあ、お姉ちゃんはお母さんに似て美人だし頭もいい。でも、性格は悪いよ。この間だって、田村くんのお兄ちゃんからあずかってきたラブレターを、お姉ちゃんは見もしないでゴミ箱にすてた。

「南、おまえほんまにわたしたんか」って田村くんにせめられた。

田村くんのお兄ちゃんは、田村くんとちがってかっこいい。足がびゅんと長くて、目がくりっとして。どっちかっていえば、わたしの好み。

わたしにラブレターをくれたら、すぐにハートマークをいっぱいつけて返事書くよ。

田村くんのお兄ちゃんは、ラブレターがゴミ箱に直行しているとも知らずまた書いて、きのう田村くん経由で持ってきた。

「なんでもええからぜったい返事くれって」

「ラブレターは直接わたしたほうがええんとちがう？」

受け取ったラブレターを、鼻先でひらひらさせた。

「そんなこと知るか」

田村くんはズボンのポケットに両手をつっこんで横を向いた。

「あきらめたほうがええと思うけどなぁ。なんなら、うちがお姉ちゃんの代わりに、ガールフレンドになってやってもええで」

「そんなもん、こっちから願い下げや。あほ！」

「ふん、こっちかて願い下げや」

わたしは背中を向けて歩き出した田村くんに、ラブレターを投げつけた。

「いっただき」

何も知らない関くんが、すばやくそれを拾って三角飛行機にすると、二階のまどから飛ばした。

風にのってひらひら飛んでいくラブレター。わたしは必死で追いかけた。ろうかを走って階段をかけおりて。

ラブレターはまるでお姉ちゃんになんか読んでもらわなくてもいいよ、というように空をふらふらして塀の側溝に落ちていった。

わたしより先に追いついた田村くんが、拾ったラブレターについたよごれをひじでふきとると、なさけない顔でいった。

「たのむから、わたして」

なぜだか自分がもらったような気がして、むねがきゅんと鳴った。

それなのに、お姉ちゃんときたらラブレターを見て「あほや」といったのだ。

「何があほなん」

「あほやんか。勉強でいそがしいんやで、そんなの読んで返事出すほどひま人ちがうわ」

「ラブレターはひま人が書くん？」

「そりゃそうや。高校の特進は毎日、毎日が競争なんやで。特進に入れるのは東中で十人ぐらいや。うちは必ずそこ入って大学めざすんやから」

「大学行って、何を勉強するの？　やっぱり法律の勉強するの？」

　きのう進学指導で家庭訪問に来た先生から朝鮮人は弁護士になれない、といわれたお姉ちゃんのショックは、そうとうなものだった。もちろん、わたしはお姉ちゃんが弁護士さんになりたいと思っていたなんて、きのうまで知らなかったけれど。

「まだ決めてない」

　お姉ちゃんはぼそっとこういうと、

「あんたは将来何がしたいの？」

と聞いてきた。

「えっ、うち？　うちは学校の先生」

「あんた本気でそんなことというてるの？」

「そうや。だって、小坂先生、南は先生が向いとるって」

「それで、その気になったの？」

「悪い？」

「ほんま、単純やなぁ。ちっとも勉強せんくせに、人からいわれたらすぐ、その気になる。学校の先生かて、大学に行かな、なれんし、わたしらは大学出ても、その先生にもなれんのやで。あんたみたいにのうてんきやったら、ほんと、お・シ・ア・ワ・セ」

お姉ちゃんは白い顔をひきつらせた。

「とにかく、こんな小さい町、息がつまる。うちはな、ここから早く出ていきたいんよ」

「そやけどお父さんは反対するで」

娘は結婚するまでこの町を出さん。

よったときのお父さんの口ぐせ。

「ナンセンス、ナンセンス。とにかく、ここを出て、自立や、自立」

お姉ちゃんの言葉は、妙に力がこもっていた。

「ほらほら、時間がないやろ。片方、あんであげるから」

お姉ちゃんはまだふくれっつらをしていた。

「順子、行くで」

わたしはぐずぐず朝食を食べている妹に声をかけ、飛び出した。

「待って待って」

順子が追いかけてくる。それをふりきってホルモン屋のうら口までかけていくと、おもいきりとびらを開けた。

油と生ゴミ、それから肉のまざりあったにおいが立ちこめている。

あかりまどがない店の調理場は、朝なのに真っ暗だ。物音もしない。

ホルモン屋は夕方から明け方近くまでの営業だ。この家は昼と夜がさかさま。

わたしはかべにそって、ゆっくりと奥に進む。調理場の中ほどに、上につながる階段がある。階段に上半身をのせて、声をおしころしながらさけんだ。

「スナちゃーん、行くで」

返事がない。

「そんな声やったら聞こえんで」

うしろから追いついてきた順子がいった。

「しーっ。大きい声だしたらあかん。まだみんなねてるんやから」

以前、階段の下から大きな声でさけんで、美子姉さんにしかられた。美子姉さんはすけすけで、おまけにフリルのいっぱいついたピンクのネグリジェのまま下りてきて、わたしを見下ろしながら「うるさい！」とどなった。

今年成人式をすませた美子姉さんは、ホルモン屋の看板娘。中学校を出て店を手伝い始めてから、かたむきかけたホルモン屋が持ち直したと、もっぱらのうわさだ。

モデルさんのように背が高く、ほっそりしていた。髪はいつでもアップに結っている。厚化粧で、わたしはどなられるまで、美子姉さんの素顔を見たことがなかった。

「スナちゃーん、時間やで」

階段の上でパチッと音がして、あかりがついた。スナちゃんがねむそうな目をして階段を下りてきた。

わたしを見ると、首をこくんこくんと折って流し台に向かう。

手を水でぬらし、その手を顔にぱたぱたとあてる。それで終わり。歯はみがかない。いつものことだ。

「きたなーい。まだ目やにがついてるよ」

順子がスナちゃんの顔をのぞきこんだ。

スナちゃんはいやな顔をして順子を無視する。スナちゃんは、わたしの妹がきらいだ。

「和ちゃんの妹やなかったら、十発パンチや」

耳元でささやく。

その気持ちはわかる。なんてったって順子はなまいきだから。

スナちゃんはソーセージをくわえて、ランドセルを下げた。

「それが朝ごはん？　うちとこは和姉ちゃんのたんじょう日やさかい、お赤飯やったで」

（あほ、そんなことといちいちゆわんでもええんや）

わたしは妹をにらんだ。

夜がおそいホルモン屋は、だれも起き出してこない。スナちゃんのお母さんだって学校へ行くスナちゃんのために、起きてごはんなど作らない。

この家ではそれがあたりまえ。わたしはときどきスナちゃんをさそいにきて、それがわかっていた。

スナちゃんが「ほんまに?」という目でわたしを見る。

うなずくわたしに、ひとこと「ええな、和ちゃん」といった。

お父さんとお母さんとお姉ちゃんと妹。朝も夜も家族全員でごはんを食べているわたしを、スナちゃんはうらやましがっている。

わたしはたんじょう日をしてもらえなくても、スナちゃんの家がいい。

毎日ホルモンが食べられるし、なんてったってテレビがある。洋服だってお店で買ってもらえる。

わたしがきている服は全部お母さんの手作り。安い生地で三人同じものを作る。そのうえ、お下がりになるから、はたから見ると、きたきりすずめみたい。これってホント、かっこ悪い。

テレビもないから、夕ごはんがすむと、お母さんはテレビの代わりに、故郷の話ばかりする。

庭にももの木があったとか、ソウルに出かける叔父さんに、テンギというリボンを買ってきてもらうのが、楽しみだったとか。女に学問はいらないといって学校へ行かせてくれなかった、おばあちゃんをいまでもうらんでいるとか。

もう何十回も聞いたから、あきてしまった。スナちゃんはそんなわたしのなやみを知らない。

えり元に緑のすずのししゅうがついたスナちゃんのブラウスは、一週間前まで中井洋品店の子どもマネキンがきていた。

わたしがほしくてほしくて、たまらなかったブラウス。

「和ちゃん」

「ん？」

「どうなった？」

「なにが？」

「佐和ちゃんのこと。対決したんやろ」

佐和ちゃんと対決することを、スナちゃんにだけはいってあった。

どきっとした。

あれから、ざらざらした思いだけが、むねの奥にはりついている。

「べつに……」

わたしが口ごもったのを見て、スナちゃんはそれ以上、なにも聞かない。

わたしは山下土建に行くのを、ふっつりやめている。

春子おばさんが、カステラがあるから食べにおいでといってくれても、六年生になって勉強がいそがしいから、という理由をくっつけて。

花換え祭りの会場になっている金が崎城跡は一三三六年、新田義貞が足利軍とはげしい戦いを繰り広げた古戦場だ。いまではさくらの名所。赤いぼんぼりが、山の中腹に続く石だたみの両はしにぶら下がっている。

途中にある社務所の前でさくらの小枝（もちろん造花だけれど）が売られていた。お父さんがみんなにひとつずつ買ってくれた。花換え祭りは、さくら見物にやってきた男女が、気に入った相手と花を交換して恋に発展したところから始まった。

海を見下ろす天守閣跡には茶店がたくさん出ていて、わたしたちはそこであま酒を飲んだ。

山を囲むように植えられたさくらが、ライトを浴びて、闇の中にうかびあがっている。

海の向こうの灯台の灯りが、長い尾をひいて海面をてらしていた。

ときおり、ボーと汽笛の音がした。

潮風がふきぬけて、さくらの木々がいっせいにざわめいた。

花びらがふってくる。

闇夜にふるさくらは雪のようだ。

はぁ、とあたりにため息がもれた。

「これ……」

ぼそっとした小さな声。

「これ……」

ちぢれっ毛の三宅くんだ。

わたしの前につったって、花をつきだす。

お父さんもお母さんも、お姉ちゃんも妹もそして、なにより、わたしが一番びっくりして、三宅くんを見た。

三宅くんの手がふるえている。わたしはどうしたらいいのかわからなくて、おもわずうつむいた。

耳まで真っ赤になるのがわかる。

お父さんは三宅くんをじっと見たまま、何もいわない。

ああ、なんで。なんでこんなことになるの。

よりによってお父さんの前で。

あほ、三宅くんのあほ。

あんたをすきなんは坂井さんやで。うちやないんやで。

三宅くんと坂井さんは生まれた日も病院も同じ。

だからかどうかわからないけれど、坂井さんは三宅くんがすき。

「ねえ、ねえ、どう思う？」

って、わたしに聞くから「うん、いいんじゃないの」ってこたえた。

三宅くんのちぢれっ毛がすきなんだって。

西洋人ぽいところも、と坂井さんはいった。

三宅くんのほりの深い横顔に、坂井さんはいつもうっとりしている。

「応援するよ」

けさ、坂井さんにそういったばかりだ。

ビールのコップに花びらが入った。お父さんはそれをぐびっと飲みほすと、わたしの手から花を取って、三宅くんにわたした。

三宅くんの顔は緊張で引きつっている。きれいになでつけたちぢれっ毛の髪は風でぼさぼさになり、くるりとまいた毛先がやけにめだった。

三宅くんは口をぎゅっとむすんで、お父さんから花を受け取る。それからちょっと間をおいて自分の花をわたしのひざの上におくと、ものすごいスピードで階段をかけおりていった。

お姉ちゃんがにやにやしている。

ふん、どうってことないよ、こんなこと。

でも、ちょっとだけ、うれしい。

5

土曜日は雨だった。

雨の日はお父さんの仕事は休み。台所に行くとお姉ちゃんの弁当箱の横に、お父さんの弁当箱があった。

「あれ？　なんでお父さんのがあるん？」

「今日はどうしてもやらんならんことがあるんやって」

塩ザケを焼きながらお母さんがいった。

事件が起きたのは、お父さんを送り出した直後だ。

まるでお父さんが出かけるのを待っていたように、背広をきた数人の男たちが、無遠慮に玄関のとびらを開けた。

「税務署のもんや」

「あっ、ちょっ、ちょっと待って」

お母さんがおどろいて、とっさに男たちをおしもどす。男たちは乱暴にお母さんをふりほどくと、どかどかと家の中におしいった。

台所、押入、たな、そしてわたしたちの部屋にまで入って、丹念に何かを探す。男たちは一言も口をきかない。

お母さんは青ざめた顔で、くちびるをふるわせている。

わたしもお姉ちゃんも順子も、何が起こったのかわからなかった。

「あったぞ」

納屋で男の声がした。

家の中にいた男たちが、バタバタ足音をたてて納屋に飛びこむ。

しばらくして男たちは、どぶろくの入ったビンをかかえてきた。

「酒つくるのは違反やで」

「それは、はい、たしかにわかってます。けどそれは家で飲む分で、よそに売ってないです」

「そんなこと関係ない。酒造は許可がいるんや。かってにつくったら、犯罪やで」

「もう、金輪際やりませんから、今度だけかんべんしてください。たのみます。後生ですからたのみます。ほんとです。そやから今度だけは」

お母さんは腰が折れ曲がるくらい、ぺこぺこと頭を下げた。

「あんたら朝鮮人は何でもかんでもそうやって、あやまったらかんべんしてもらえると思とる。税務署をあもう考えとったらあかんで。あんたとこ見のがしたら、どぶろくつくっとるとこ、ぜんぶ見のがさなあかんやろ」

男たちはノートにビンの個数と量を書きこむ。そしてつぎつぎにどぶろくの入ったビンを、家の横に流れる川べりに運ぶと、フタを開けて中身を川にすてた。

川の水が白くにごる。アルコールのにおいが立ちこめた。

お父さんのためにつくったどぶろくが、どんどん流れていく。

お父さんの大すきなどぶろくが、川の水と溶け合って、白から灰色に変わってゆく。

雨や雪の日以外、お父さんは一日中、ツルハシで道路をほっている。そんなお父さんのただひとつの楽しみが、あっというまに消えていった。

「あとで、罰金の金額知らせるさけ」

男たちはこういいすてて帰っていった。

アイゴ、くやしい。

アイゴ、くやしい。

男たちが引き上げていった路地に向かって、お母さんは塩をまき続けた。

お母さんといっしょにビンをかたづけた。五つのビンに水をいれて、納屋の外にならべた。

「あとはお母さんがするから早う学校へ行き」

といわれて時計を見ると始業の十分前だ。

六年生は今日、社会見学。暮れにできたばかりの電気科学館へ、プラネタリウムを見に行くことになっていた。

わたしは水とうを首にかけて、ダッシュした。

学校につくとみんな二列にならんで整列していた。わたしは「おそい、おそい」の声を浴びながら自分の位置にすべりこんだ。

『春の星座にはおとめ座、おおぐま座、うみへび座などがあります。それらを見つけるにはまず東北の方角、天頂と地平線の中ほどの高度に、北斗七星が柄を下にしてのぼってきますから、これを目印にして探すとよいでしょう』

BGMと同時に説明が流れる。

天井に星座が映し出された。

『北斗七星のますの部分の先端のふたつを、水の入る方向に約五倍の距離に光る星がありますね。北極星です。柄のカーブをそのままはしのほうにのばしたところに、うしかい座の一等星アークツルスがあります。さらにのばすとおとめ座の一等星スピカが見つかります。それらを春の大曲線といいます』

「きれいやなぁ」

「ほんまや。なぁ、砂浜にねころんでお星さま見たことある？」

わたしは坂井さんに聞いた。

「ない」

「うちはある」

「いつ？」

「去年の夏。ほら、流れ星がたくさんふるいうとったやろ。あのとき」

「そうやったん。うちもな、見たいいうたらお父ちゃんもお母ちゃんもあほくさいうて、つれていってくれんかった」

「うちとこはな、みんなで行った。わざわざシート持っていったんやで、お父さんもお母さんもみーんなねそべって、お星さま見ててん。空がな、こーうやってせまってくるみたいやった」

プラネタリウムのうそっぽい星の下で、わたしは夏の夜空に尾をひいて流れた星を思い出していた。


あのとき、みんなで流れ星を数えた。

流れ星に願い事をしたらその願いがかなうとお姉ちゃんがいって、みんなだまって心の中で願い事をいった。

「和は何をたのんだん」

「勉強せんでも成績上がりますように」

「あほらし。そんなときは、がんばりますから成績上げてくださいっていうもんや」

「じゃあ、お姉ちゃんは何いうたん」

「何でいちいち、和にいわなあかんの」

「なんや、人にいわせて。お姉ちゃんはずるい。順子は？」

「うちはな、バトントワラーに選ばれますように」

「お母さんは？」

お母さんはだまって空を見ていた。

「ねぇ、お母さん！」

「ん？　一回でええから故郷に帰ってみたいなぁって。お母さん十八で日本に来たんやもの」

「帰ったらええやん。お金ないの？」

「それもあるけど、朝鮮人は日本から自由に出られんもの」

「えー、ほんま!?　お父さん、それ、ほんま？」

おもわず、声が大きくなった。

「ほんまや」

「なんで？」

少し鼻にかかったあまったるい声で、今度は順子が聞きかえす。

「……一二六号やからや」

お姉ちゃんが腹立たしそうにいった。

「知っとったんか」

お父さんがおどろいて起きあがった。

「そんなん、新聞にも書いてあったし、図書館行ったら、なんぼでも本ある」

「そうか」

お父さんはポケットをまさぐって、たばこをとりだした。

「正確には一二六号該当者いうんや。和が生まれたのは一九四九年やろ。それから三年たったとき、日本とアメリカの間でサンフランシスコ講和条約が結ばれて、わしらみたいな植民地出身者は、日本人やのうなったんや。父さんが日本に来たのは一九三九年の三月や。徴用で来たんやけどな」

お父さんはぼそぼそと、話し出した。お父さんから昔の話を聞くのは、初めてだ。

チョウヨウって、どういうこと？　と聞いたわたしに、

「そのころ朝鮮は日本の植民地やったからな、日本政府が朝鮮人をよびだして、決まった仕事につかせたんや。父さんは線路の敷設工事やったけどな」

とこたえた。

波の音が高い。

お父さんの声は波の音にさらわれて、ときどき聞こえなくなる。

「戦争で日本が負けて、朝鮮は解放されたやろ。日本にしたら、戦争も終わったさけぇ、ほんまは朝鮮人をみんなあっちへ帰したかったんやろけど、おまえら、みんな日本人やいうて連れてきたてまえ、そうもいかんから、しばらくそのままここに住んでもええでいう法律つくったんや。それが一二六号なんや。そやさけぇ、いったん日本から出たらもう入ってこれんし、他の国に行きとうても、日本政府が許可くれんかったら行かれん」

お父さんもお母さんも日本語を読めないから、わたしの家は新聞を取っていない。それなのに、お父さんはどうしてそんなむずかしいことを知っているのだろう。

「アメリカにも行かれんの？」

「あたりまえやろ。頭悪いな、和は」

「お姉ちゃんになんか聞いてない！」

「和はアメリカに行きたいんか」

「うん。テレビで見てたらかっこええ」

「テレビ？」

「木曜日にいっつもスナちゃんとこで見せてもろてる」

「そうやったんか」

お父さんが笑った。

クラスでは、いまテレビでやっているアメリカのホームドラマが大人気だ。アメリカのニュースにも敏感で、今年の一月に最年少の若さで大統領になったケネディーのことも、みんな知っていた。

「故郷へ帰っても田んぼはもうないし、家族五人、生活できるとは思えん。わしら、かごの鳥やな」

暗い海を見ながら、お父さんはひとりごとのように、小さくつぶやいた。

「海でつながっとるのに、ほんま、なんぎやなあ」

「お母ちゃん、知らんとこイヤや。ずっとここにおろ。なっ、なっ」

順子があまえた声を出した。

「わかった、わかった」

順子の背中をさすりながら、お母さんも暗い海を見ていた。

流れ星はふりつくしたのか、いつまで待っても流れなかった。

結局、願いがかなったのは順子だけだったような気がする。

電気科学館を出たとき雨がやんでいた。

学校までの帰り道、やっぱり二列にならんで歩く。春の星座と夏の星座を一度に見て、みんな興奮している。土曜日で、学校にもどればホームルームをして、あとは家に帰るだけという気楽さが、よけいにみんなのテンションを高くしていた。どんなに声を張り上げて話していても、行きのときほど先生もおこらない。

花換え祭り以来、三宅くんがわたしのことをちろちろ見る。教室でもそうだから、なんだか監視されてるみたいだ。でも、ちっともイヤな気分じゃない。むねの奥がジンとしびれるような、変な感じ。

三宅くんから花をもらったことは、坂井さんにはないしょだ。

列は次第に乱れて、気がつくと歩道を占領していた。

気比さんのお宮の森から、朝鮮部落に住むヨンシギさんのおばさんが、とつぜん現れた。よごれたてぬぐいを姉さんかぶりして、リヤカーをひっぱっている。鉄くずやダンボール、ぼろがリヤカーからはみ出して、すれちがう人が顔をしかめている。

わたしはおもわず下を向いた。

心臓がどっくんどっくんはげしい音をたて、いまにも破裂しそうだ。指先が冷たくなって、鳥はだがたってゆく。

どうぞどうぞ、わたしに気づきませんように。

坂井さんのかげにかくれようとしたとき、

「かすこ、かすこやないか。どこ行ってきたんや」

しゃがれたおばさんの、きつい、朝鮮なまりがかぶさった。

日本語のへたくそなおばさんは、〝ず〟をうまく発音できない。おばさんにかかると、わたしは〝カスコ〟なのだ。

「南さん、知ってるん、あの人」

坂井さんもみなと同じように、やっぱり顔をしかめてわたしにささやいた。

「う、ううん」

下を向いたまま小さくかぶりをふった。

リヤカーの荷物は、小さいおばさんの背をはるかにこえていた。拾えるだけ拾い集めたゴミの山。

だれの目にも、そうとしか映らない。

リヤカーいっぱいのゴミの山は、いったいいくらになるのだろう。

たしか、サバ一匹にもならん、と家に来てこぼしていたような気がする。サバは五十円ぐらいだ。

すれちがいざま、おばさんはちろっとわたしを見た。

顔があせとほこりで真っ黒だ。

「くっせぇー」

男の子たちが大げさに鼻をつまんだ。

「くっせぇー」

言葉が連鎖して、つぎつぎにうしろの列に伝わる。女の子たちも鼻をつまんで、息を止めていた。

たしかに、おばさんの通りすぎたあとに、すえたいやなにおいがした。

「こら、よけいなこというな！　まっすぐ前向いて歩け」

そういう先生だって言葉とうらはらに、やっぱり顔をそむけて、息を止めているようにみえた。

「チョーセンはやっぱりくっさいなぁ」

木の芽町の父子寮に住んでいる関くんがいった。

「あいつら、道に落ちてるやつ拾てなんでも金にしよる。それになぁ、たんぽぽかて採って食いよるんやぞ」

「たんぽぽって、あのたんぽぽ？　うそやろ」

坂井さんがびっくりしたような声を出した。

「うそなもんか。おれ見たんやぞ。天筒山で、あいつらわらびといっしょに、たんぽぽもふくろにいれとった。それだけやないぞ。なんやしらん草も、ぎょうさんとっとった。あいつら、しまいに天筒山をハゲ山にするかもしれん」

「たんぽぽって、おいしいんやろか」

「おいしいわけないやろ。あいつら金ないから、山にはえとる草食うとるだけや」

おい、ええこと教えてやろか、と関くんは細い目をさらに細くして、わたしと坂井さんにいった。

「なになに」

坂井さんの反応はすばやい。

「あんなぁ……」

「なんやのん。気持ち悪いなぁ。思い出し笑いなんかして」

「あんな、この間あいつらが採ってった草に、おれのションベン、かかっとる」

「え〜、なに、それ。ほんまに？」

「ほんまや。天筒山はおれの縄張りやさけ、縄張りあらすやつは切ってすてる」

たぁ！

関くんは刀をふりおろす仕草をした。

「関くんて、けっこうおもしろいね。南さん」

「そ、そうやね」

ほおがひくひくした。

くちびるがかわく。

わたしは何度も舌の先でくちびるをなめた。

たんぽぽはお父さんの大好物だ。

ヨンシギさんのおばさんはそれを知っているから、春になるとせっせと山に入って、芽を出したばかりのやわらかい、たんぽぽやよもぎ、わらびやせりをつんでとどけてくれる。

よもぎは草もちになったりよもぎ汁になる。

とうがらしみそと酢であえたたんぽぽは、少しほろにがくておいしい。

たんぽぽは朝鮮人しか食べない。

わたしはかわいたくちびるをもう一度なめた。くちびるの皮がむけ、ひりひりした。


家に帰ると玄関わきにリヤカーがあった。

ヨンシギさんのおばさんが、チシャにごはんを包んで食べていた。

「おそかったねぇ。お腹すいたやろ」

お母さんに返事をせず、わたしはヨンシギさんのおばさんと目を合わせないようにして、丸いちゃぶ台の前にすわった。

「おばさんと道でおうたんやって?」

ごはんをよそいながら、お母さんがいった。

「どこ行ってたん?」

「電気科学館」

「ああ、そうそう。朝ばたばたしたからすっかりわすれてた。どうやった? 星きれいやったか。そやけど、わざわざお金出して星見るなんて、お金出さんでも、夜になったらなんぼでも見れるやないの。おかしな学校やねぇ」

「一年中の星が見られるんやで。お母さんも一回見に行ったらええわ」

「おとなでも行けるの？」

「そんなん、お金出したらだれだって行ける」

わたしはこういって、お母さんからごはんの入ったお茶わんを受け取った。

ヨンシギさんのおばさんが、チシャとおみそのお皿を、わたしの前にひきよせてくれた。

おばさんの指は、豆だらけだ。おまけに第二関節が曲がっていた。つめの中には真っ黒なごみ。

わたしは一気に食欲を失った。

おばさんがはしをつけたキムチにも、お母さんが作った特製のおみそにも、おばさんのニオイがこびりついている。そんな気がした。

はきそうになるのを、つばを飲みこんでようやくこらえた。

ふけつ、ふけつ。

お母さんは平気？

お母さんはくさくない？

ヨンシギさんのおばさんは、ごはんをぼろぼろこぼしながら、おいしそうに食べている。

「うち、ごはんいらん」

「かすこ、腹へってないんか。おいしいで」

（なんや、おばさんのせいなんやで。それも知らんと。なんでごはんどきにいっつも来るん。それに、かすこ、かすこって。ほんまにカスみたいやんか）

わたしは今度も返事をしなかった。

下を向いていても、お母さんがわたしをにらんでいるのがよくわかった。

その夜、ヨンシギさんのおばさんが息子のヨンシギさんを連れて、またやってきた。

ヨンシギさんはぼうず頭だ。

「なんであの人丸ぼうずなん」

「しっ。聞こえるやろ」

お姉ちゃんはくちびるに人差し指をあてた。

「いつまで、チンピラやるつもりや」

お父さんの声は大きい。

「そうやって、一生刑務所出たり入ったりするんか！」

ヨンシギさんは、ひざをそろえて身動きもしない。

「きのう、少年院から出たきたばっかりやって」

お姉ちゃんはわたしの耳元でささやく。

「何したん？」

「さぁ」

わたしは少し開いたふすまから中をのぞいて、もう一度しっかりヨンシギさんを見た。左のほっぺたからあごにかけて、三センチほどのきずがあった。赤くみみずばれになっている。

「もう、いいかげんオモニを泣かせるな」

ヨンシギさんが聞き取りにくい声で、ぼそぼそつぶやく。

「あほ！　差別受けとるいうておまえみたいにいじけとったら、朝鮮人、みんな悪いことせなあかんやろ。くやしかったらかたぎになってバカにするやつみかえしてやれ。もうすぐ二十歳になるいうもんが、そんなこともわからんのか」

お父さんは少しよっている。それなのに、一升ビンのどぶろくをこぼれそうなくらいコップにそそぐ。

朝、税務署の男たちに見つかって全部すてられたはずなのに、お母さんは手品みたいにどぶろくを食卓に出してきた。

どんなにお酒を飲んでも鉄浩おじさんのようには決してならないお父さんが、ヨンシギさんを前に、くどくど同じ言葉をくりかえした。

「自分からにげるな。自分からにげるのは一番卑怯や。一番楽や。学校行っとらんでも、それぐらいはわかるやろ」

ヨンシギさんはうつむいて、だまっていた。

「ヨンシギ、おまえ、朝鮮語しか話せんオモニがはずかしいか？　ボロ拾いしとるオモニがはずかしいか？」

ヨンシギさんはうつむいたまま、はげしくかぶりをふった。

「そっか。そやな。はずかしいいうたら、半殺しせなアカン思とった。日本語なんかへたくそであたりまえや。わしなんか、昔はかまぼこのこと、かまばことしかよういえんかったのに、いまじゃ、ちゃぁんとかまぼこっていえる。考えてみたら、そのほうが悲しいぞ。そんだけ、日本のくらしになじんだちゅうわけやから。ほやけど、おまえのオモニは、ほんま、えらい。女手ひとつで一生けんめいや」

ふだん、口数の少ないお父さんなのに、今日はよくしゃべる。

おまえも一杯飲め、というお父さんの声がして、あとの会話はすべて朝鮮語になった。

そして、ときどきヨンシギさんのおばさんの笑い声が聞こえた。

自分からにげるのは一番卑怯やぞ。

おまえのオモニはほんま、えらい。女手ひとつで一生けんめいや。

お父さんの言葉が、耳の奥にこびりついてはなれない。

お父さんはそういうけれど、そんな簡単にはいかない。お父さんはおとなだから……。

お父さんは強いから……。

わたしは、ヨンシギさんのおばさんに、みんなの前で声をかけられただけで、びびってしまった。

朝鮮人だってことが、ばれるんじゃないかって、ドキドキしてしまった。自分の中に、そんな気持ちがひそんでいたことにとつぜん気づいて、もっとドキドキした。

佐和ちゃんにだって、あんなひどいことといって、わたしは知らんぷりしてにげている。

お父さんはおとなだから。

お父さんは強いから。

なんどもなんども、自分にいい聞かせた。

心の中がすーと寒くなる。


つぎの週の日曜日、お父さんは仕事を休んだ。

お母さんが止めるのもきかず、お父さんは朝からお酒を飲んだ。

昼すぎ、ヨンシギさんが黒いサングラスをかけた三人の男たちとやってきた。

「山猫組の兄貴です」

ヨンシギさんが紹介した山猫組の兄貴は、お葬式でもないのにみんな黒い服をきていた。髪は油をぎとぎとにぬりまくり、かちっと固めてあった。

お父さんはだまってうで組みをしたままだ。

三人の兄貴たちもサングラスをしたまま、一言も口をきかない。ヨンシギさんだけがおちつかないそぶりで、目をきょときょとさせて、貧乏ゆすりをしている。

「ヨンシギ、じっとせぇ！」

いきなりだった。

ヨンシギさんの貧乏ゆすりはぴたりと止まり、目はうさぎの目のように真っ赤になった。

台所でお母さんがびっくりして、ゆのみ茶わんをわった。

「うるさい。おまえらも静かにせい！」

わたしたちはふすまのかげで息をつめた。

台所の小まどにぶら下がった風りんが、りんりん鳴っている。

お母さんがあわててそれをはずそうとして、またゆのみ茶わんをわった。

はぁ、と息をはいてお母さんは声を出さずに笑う。お母さんにしてはめずらしい失敗。

わたしたちも声を出さずに、顔を見合わせて笑った。

「家の中や。その色めがねとれ。礼儀も知らんのか、おまえらは」

さっきとはうって変わった太い、静かな声だった。

「ヨンシギはおまえらの組、はなれたいと思とる。そうやな」

ヨンシギさんは大きく首を何度もたてにふる。

「やめたいいうもんを、なんでやめささんのや。ヨンシギは山猫組で、そんなに役にたっとるんか」

「あほこけ、こんなやつ、なんの役に……」

真ん中にすわっている兄貴だ。

「ふん、役にたたん人間、わしやったらとっととやめさすけどな。おまえんとこはえらい、やさしいやないか」

「そうゆう問題とちがうやろ」

「ほな、どういう問題や」

「わしらの世界はおとしまえが大事なんや」

「おとしまえ？　ああ、指つめることか。そんなことでやめられるんか。なんや、簡単やないか。ちょっと待て」

お父さんは台所に入ってくると「よう切れるやつはどれや、これか」といって、研いだばかりの出刃包丁を手に取った。

「ヨンシギ、指だせ」

「おじさん、お、おれいやや」

ヨンシギさんはもう半泣きだ。

「あほ！　それでチンピラか」

お父さんはいやがるヨンシギさんの手をおさえている。

「指がほしかったら、さっさと切って持っていけ」

お父さんから出刃包丁をわたされた真ん中の兄貴はうろたえている。

「おとしまえつけるいうてるんや。さっさとせんか」

「ま、まてや、おやっさん。こんなこと、おれらみたいな下っぱが決めることやない」

「そうか、そしたら、親分つれてこい。いつでもヨンシギの指やる。一本や二本ないでも働けるさけな。わかったら帰れ」

山猫組の兄貴たちが帰ったあと、ヨンシギさんは子どものように声を出して泣いた。いつまでもいつまでもヨンシギさんは泣き続け、とうとうお腹がすいたのか、お母さんがさしだした温かいたまごスープを、ずずずーと音をたてておいしそうに飲んだ。なみだと鼻水もいっしょに。

「あの、もう一杯もらえますか」

わたしたちに見つめられて、ヨンシギさんははずかしそうにうつむいた。

ヨンシギさんはお父さんのすすめで、鉄浩おじさんの山下土建で働くようになった。

ある日、仕事帰りのヨンシギさんに出会うと、青白い顔が黒く日焼けしていた。

「チンピラやめたん？」

ヨンシギさんはまいったな、というふうに手を首にあてた。

「指、切った？」

ヨンシギさんは両手を広げた。

十本の指がくっついていた。

「なぁんや」

「なんや、そのいい方、がっかりか」

ヨンシギさんはおかしそうに笑った。

「子豚見にくるか？　だかせてやるで」

6

雨に打たれるたびに若草色の新緑がこくなって、お宮の森から葉が息づく青くさいにおいが、路地に流れこんで来る。

夏のはじまりはいつもそうだ。

数日前から森のしげみにひそんでいたホタルも、光り始めていた。

「なぁ、行ったらあかん？」

「何時や思てるの。もう八時やで、ホタル狩りぐらい、休みに入ったらなんぼでもできるやろ。それよか、明日の心配したほうがええんとちがう？」

お母さんはわたしの顔を見て、意味ありげに笑う。

明日は通知表を前にしての個人懇談だ。

「お母さんが来るやろ？」

「雨がふったらお父さんが行くって」

「ええー、いやや、そんなの。先生にはお母さんが来るっていうたのに」

わたしはおもわずお母さんのうでをつかんだ。

お父さんに悪い成績が知れるのは、おそいほうがいい。どうせ夜には四か月前に味わった、あの緊張と恐怖が待っている。

「そんなにこわいのに、なんでちゃんと勉強せんの。あんただけやで。しっかりします、がんばりますっていうたやろ。お母さん、ちゃぁんと聞いたで」

あのときわたしは、たしかに泣きながらそういった。

板の間に正座させられた足は痛かったし、印かんを持ったお父さんは、いまにも通知表の保護者らんに、南の字が半分になるようなやり方で、ぎゅっと押そうとしていたからだ。

半分しか勉強せんかった者にははんこも半分しかやれん。

これがお父さんのいい分。

「やっぱりお母さんが来て」

「お母さん、字知らんし」

「お父さんかて字知らんや」

「それでも数字はわかるやろ。カタカナもちょっとはわかるし、お母さんよりましや」

「ええから、お母さん来て。先生のいうことふんふん聞いといたらええやんか」

「そやけど、懇談の順番とるのに名前書かなあかんやろ。お母さん、あれ、いややもん」

お母さんはわたしを見て、こまった顔をした。

「うちはお父ちゃんでもええで」

順子は自信たっぷりだ。ほんと、かわいくない。


朝、やっぱり雨。

「順子から先に行ったらええんか」

生たまごに穴をあけて、すーと飲みこみながらお父さんがいう。お父さんはすっかりその気になっている。

「授業は半分ずつ見て、懇談は順子が先やで。姉妹がおるところは、うまくずらしてくれるから」

お母さんがいった。

「順子は何組やった」

「うちは三年二組。お姉ちゃんは六年五組やで」

「五組か、わかった。それでなにを勉強するんや」

「算数」

「和は？」

「うちは国語」

こたえながら、もう心臓がバクバクしていた。

教室のまどは、参観する保護者のために開け放たれていた。ろうかに出されたつくえの上にはノートがおかれ、保護者がつぎつぎやってきて、名前を書いた。それが個人懇談の順番になる。

わたしはお父さんがいつ現れるか気になって、授業中ちろちろと、ろうかばかり見ていた。

「南、つぎを読んで」

「はいっ」

ぼうっとしていたので、どこを読んだらいいのかわからない。

親が見ているので、みんな緊張している。いつもだったら、こんなときすばやく十五ページの上から二行目とかいって教えてくれる坂井さんも、まっすぐ前を向いたままだ。

お父さんが四組のろうかからやってくるのが、目のはしに見えた。

「南、しっかり聞いとかんとあかんぞ。『にれの木は、なにもかも知っていた』からや」

わたしは教科書を持った手をまっすぐにあげた。

にれの木は、なにもかも知っていた。
にれの木は、なにもかも見ていた。
しかし、気のついたとき、
うさぎやりすは、もうじぶんのそばにいなかった。
きつねの鳴き声も聞こえなくなった。
にれの木はじぶんだけを道ばたに残して、
りっぱなコンクリートの道路がまっすぐに走っているのを見た。

百田宗治の『にれの町』を読み終わっていすに腰を下ろすと、お父さんはちょうどノートに、名前を書きこんでいるところだった。

ミナミ

ノートからはみ出るほどの大きい字で、ゆっくりゆっくり書いている。

お父さんのうしろに、たちまち五人のお母さんがならんだ。

さっさと名前を書いて、早く教室に入りたいのだろう。みんなイライラしていた。お父さんの字を見てくすくす笑い、ひそひそ声で話す。

教室の生徒たちがいち早くそれに気づいて、身を乗り出しながらお父さんを見ている。

お父さんはそんなことなどまるで気にせず、やっと名前を書き終えると、わたしのそばに来て筆箱をのぞきこんだ。

えんぴつはどれもこれも芯が丸い。けしゴムは小刀で切りきざんで、ちっちゃなきれはしが残っているだけだ。

先生が新しい漢字の説明を始めたとき、何を思ったのか、お父さんはポケットからちり紙を出すとまどのさんに広げた。そして筆箱からえんぴつを出してけずり始めた。

(お父さん、やめてや、そんなこと。子どもやないんやで。あとで自分でけずるから。たのむからやめて。はずかしいやろ)

でもお父さんはやめない。

ななめうしろの関くんが小さな声でいった。

「おまえのおやじ、めっちゃ過保護やんけ。おまけにあれなんや、へったくそな字書いて」

体がかーっと熱くなって、むねがことこと鳴った。

つぎの瞬間、わたしはふりむいて関くんの頭に渾身の力をこめて、したじきをふりおろした。

パリッと音がして、したじきがきれいにふたつになった。

「南！」

先生の大きな声。

教室がどよめく。

「なにするんや！」

腹を立てた関くんがうでをひっぱった。

「あんたが悪いんや」

わたしはひっぱられたうでをふりほどいて、関くんをおもいきりつきとばした。

関くんの体がぐらっとゆれ、ドスンという音とともに床に転がった。関くんのうしろにすわっていた三宅くんがまきぞえをくって、つくえのしたじきになった。

鼻血が床にとびちっていた。

関くんのなのか三宅くんのなのか、わからない。

「キャァ、いやや」

だれかがさけんで泣きだした。

「和、やめ!」

お父さんがわたしの両うでを持って、先生やお母さんたちに、ぺこぺこ頭を下げている。

わたしはその横で関くんをにらんで立っていた。

へったくそな字。

関くんの言葉が頭の中でのたうち回っていた。

ミナミ、ミナミ、ミナミ、ミナミ、ミナミ

お父さんは、ミナミって書けるまで一年もかかった。

真っ白なノートに、わたしがお手本を書いてあげた。お父さんはそれを見ながら、一

生けんめい、練習した。お手本を見ないで書けるようになったとき、

「和のおかげや」

とうれしそうに笑ってた。

へったくそな字。

お父さんに聞こえたかもしれない。

わたしはわれたしたじきのかたわれをにぎりしめながら、いつまでも関くんをにらみ続けた。

7

木曜日の夕方。

「金さんのとこへ、これ持っていってくれる?」

とお母さんがいった。

金さんは食肉処理場で牛を殺している。

お母さんはその金さんに、ときどき牛のテールやレバーを安くわけてもらう。

「金さん病気なんやって。どじょう汁は精がつくから持っていってやって」

「うん、ええけど場所どこ?」

「木の芽町の父子寮」

「ええっ、木の芽町の父子寮? いやや、そんなとこ」

木の芽町の父子寮には関くんがいる。

教室でつきとばしてから、口をきかないまま夏休みになった。

「とにかく行ってきて。奥さんおらん人は病気になったらこまるからねぇ」

お母さんはわたしの返事も聞かずに、どじょう汁をビニールぶくろにいれている。

「金さんの名字知らんのやけど、父子寮の十二号室いうとった。なんとか金治郎。父子寮行ったらわかるやろ」

「とにかく、十二号室やね」

わたしは念をおして、どじょう汁を自転車の前かごにいれた。

「金さんの子どもに、これでも持っていってやって」

お母さんはおやつに作ってくれたパンの残りをかごにいれた。

「まずそうや」

作りたてはふくらし粉がよくきいてふわっとしているけれど、時間がたってぺしゃんこだ。

「味はかわらんよ」

お母さんはこういって、わたしの背中をぐいっとおした。

木の芽川の土手を天筒山に向かって走る。土手の斜面にカラスノエンドウが群生していた。

わたしは自転車を止めて、土手に下りた。できるだけふっくらしたカラスノエンドウを探す。

さやの腹を上手にさいて、中の小さなマメをすてた。

さやを口にくわえて、軽く息をふく。

びーび、びびーと音が鳴った。

スナちゃんはこの草笛がへただ。

わたしはスナちゃんへのおみやげにカラスノエンドウをつんで、スカートのポケットにおしこんだ。

ポケットがふくれすぎて、ペダルがこぎにくい。走りながら、カラスノエンドウを少しすてた。夕焼けが空をそめ始めていた。

木造二階建ての父子寮は、天筒山を背にして建っていた。

玄関を入ると真ん中にろうかがあって、そのろうかをはさんでいくつもの部屋があった。長いろうかに小さな電球がひとつ。

うす暗くて、気味が悪い。

十二、十二と口の中でつぶやきながら部屋を探す。ろうかは歩くたびに、ぎしぎしきしんだ。

　つきあたりが十二号室だった。

　軽く戸をたたく。

　返事もなしにいきなり戸が開いた。

「お、おまえ」

「せ、関くん！　なんであんたがここにおるん」

「あほか、ここはおれの家や」

「ほしたら、金さんの息子ってあんたのこと？」

　奥で「だれや」という金さんの声がした。

　金さんと顔を合わすのは初めてだ。

「南です。お母さんのお使い。これ、どじょう汁」

「おおきに、おおきに。あんたとこのお母ちゃん、ほんまに料理上手やもんなぁ」

　金さんはうれしそうに、わたしから包みを受け取った。

「父ちゃんがときどき、おいしいキムチもらってくるやろ。その家の子や」

「なんや、南、おまえチョーセンやったんか」

「あほ、おまえ何いうんや」

金さんは関くんの頭をぼかっとなぐる。

「いてぇ」

関くんは痛そうに顔をしかめた。

「ほんま、おおきにな。ほらお前、途中まで送っていき」

金さんにこういわれて、関くんはしぶしぶ外に出た。

関くんが自転車をひっぱってくれた。

わたしはからになった両手をぶらぶらさせて、土手を歩いた。

関くんは、だまっておみやげに持ってきた、ぺしゃんこのパンを食べる。

「それ、形悪いけどおいしいやろ。お母さんのお手製やで」

そういって、はっとした。

金さんの奥さんが、若い男の人とにげた、とお母さんがいっていたのを思い出したからだ。

「おいしいわ、これ。それから……」

「ん？」

「キムチ、おれ、すきや」

夕焼けがふたりの顔を真っ赤にそめていく。

「なんやおまえ。よっぱらいみたいや」

「あんたもや」

ふふふふ、ははははは。笑い声が重なり合って大地に吸いこまれていった。


「章子、ちょっとええか」

夜、宿題をしているとお父さんがいきなり入ってきた。

「なに？」

「写真とってきたんか？」

お姉ちゃんはふりむかない。

お姉ちゃんはだまって、つくえの中から写真を出した。

「それ持って、明日、市役所へ行ってこい。外国人登録の手続きは明日までなんやぞ」

「……」

「わかっとるな。明日、必ず行くんやぞ」

お父さんはくどいほど念をおす。

お父さんが出て行ったあと、お姉ちゃんは何度もため息をついた。

つぎの日、お姉ちゃんはお昼になっても部屋にとじこもったまま、出てこなかった。

三時すぎになってようやく部屋から出てきたお姉ちゃんは、

「あんたもいっしょに行ってくれる？　どうせひまやろ」

とわたしにいった。

お姉ちゃんがわたしにたのみ事するなんて、めずらしい。

「ええよ」

こういってわたしが立ち上がると、お姉ちゃんは少し、ほっとした顔をした。

外に出ると真夏の陽が、あふれんばかりにふりそそいでいた。

せみの声がうるさい。

青い虫かごを首からぶら下げた幼稚園児の一団が、あみを手にカラカラと笑い声をたてて、そばを走りぬけていく。

お姉ちゃんは立ち止まって、そのうしろすがたを目で追った。

プラタナスのこい緑の葉のすきまから、幹にへばりつき、声をかぎりに鳴くアブラゼミが見えた。

「お姉ちゃん、あそこ」

「はかない命やのに、がんばるなぁ」

だれにいうでもなく、お姉ちゃんは幹を見上げてつぶやいた。

プラタナス通りをまっすぐ十分ほど歩くと、茶色のレンガづくりの建物が見えた。市役所だ。

お姉ちゃんはそれを見上げて、ここでもまた、ため息をついた。ため息をつくばかりで、なかなか中に入ろうとしない。

守衛さんが変な顔で見ている。

「お姉ちゃん、四時半やで」

かべにかけられた時計は、いそがしそうに秒針を進ませる。

お姉ちゃんは大きく息を吸いこむと、観念したように、白いブラウスのすそを両手でぴっとひっぱって、背筋をのばした。

「外国人登録の申請に来たんですけど、どこですか」

カウンターの中で、所在なげに週刊誌をめくっていた女の人が、あわてて顔を上げた。

「はい、なんでしょう」

「外国人登録の申請に……」

女の人は少しおどろいた様子で、階段を上がって左のといいながら指を差した。

「わかりました」

お姉ちゃんはふりかえって、わたしに手まねきした。

わたしもお姉ちゃんのあとに続いて階段を上がる。

どこを見ても、この建物の中には子どもはいない。いるのはお姉ちゃんとわたしだけ。

みんなけげんそうな顔でわたしたちを見る。

広い部屋はしきりもなにもない。ただ、カウンターがずらりとならんでいるだけ。

お姉ちゃんは天井からぶら下がっている白い札を見て歩く。

はしから二番目の札に、外国人登録申請という文字が書かれていた。

お姉ちゃんは緊張した表情で、カウンターの前に立った。

丸いめがねをかけた、お父さんぐらいの年格好の係員が台帳を取りだして、ひとつひとつ確認していく。

「あの、これ……」

「あっ、写真ね」

お姉ちゃんが差し出した、二枚の写真のうちの一枚を、係員が台帳にはった。そして、

「指紋をおしてもらうからね」

といいながら、ローラーを手に持った。

いまから、いったい何が始まるのだろう。

お姉ちゃんは緊張している。

わたしの手をにぎってはなさない。

「両手を出して」

係員にうながされて、お姉ちゃんはようやく、わたしから手をはなした。

係員はお姉ちゃんの十本の指に、ローラーで謄写版のインクをぺたぺたぬっていく。

わたしはまるで自分の手にぬられているような気がして、両手をごしごしこすった。

「ここに、こうやってはっきりおして」

係員は事務的にこういうと、ためらうお姉ちゃんの手首をにぎって、台帳の上においた。

お姉ちゃんは、指を回転させながらおしていく。指のあとがはっきりと台帳についた。

しわしわまでくっきりと。

「そこにあるちり紙で手をふいて。外国人登録証明書のできあがりは一か月後やから、そのときまた来て。わかってると思うけど、証明書は常時携帯やで。持ってなかったら違反で罰せられるから、注意してや。はい、終わり」

お姉ちゃんの目が、ぷくっとふくれた。

くちびるがわなわなふるえていた。

お姉ちゃんの、いつもの自信に満ちた顔がゆらいでいる。こんなお姉ちゃんを見たのは、初めてだ。

お姉ちゃんの手をそっとにぎった。

「……まるで犯罪者や」

お姉ちゃんはしぼり出すような声でつぶやいた。わたしはショックで何もいえなかった。

「十四歳なんか、なりたくなかった。たんじょう日なんか、こなけりゃよかった」

お姉ちゃんは、わたしの手を強くにぎりかえした。

お姉ちゃんの言葉が体の中をかけぬけた。

むねがつぶれそうになった。

十四歳になったら、十四歳になったら、わたしも犯罪者になる。そして、いつか順子も。
十四歳に……なりたくない。

8

「和ちゃーん」

路地の向こうで声がした。

まどから顔をのぞかせると、スナちゃんだ。

「映画観にいかん？」

アイスキャンデーをなめながら、スナちゃんがいった。

「いま何やっとるんやろ」

「化けねこ映画」

「なんや、まだ化けねこ映画やっとるん。それ、この間みたやん」

「もう一回観よ。今日めっちゃ暑いし、映画館やったらすずしいやろ」

「和姉ちゃん、うちも行く」

ふたりの話を聞いて順子がいった。

「あんたはあかん」

「なんで」

「あんたはいま、お姉ちゃんに勉強教えてもらってるやん」

「和姉ちゃんもいっしょやろ」

「あかんもんはあかん」

わたしは宿題を広げたまま、大急ぎで表に飛び出した。

順子の泣き声がする。

「和！　いいかげんにしいや。いまにつかまるで」

お姉ちゃんの声が追いかけてくる。わたしはそれを無視した。

中井洋品店のとなりが映画館だ。

映画館のうら口は夏場は風をいれるために開けはなち、とびらがわりに大きなよしずを立てかける。そこに丸いいすを持ちこんで、門番のおじいさんがだれも入ってこないように見はっている。

わたしとスナちゃんは映画館のうら口にへばりついて、おじいさんがトイレか用事でその場をはなれるのをじっと待つ。

おじいさんは丸いすにすわって、たいがいいねむりをする。そのときもチャンスだ。足音をしのばせて、するっとわきをすりぬける。おじいさんは左足が少し悪い。万が一見つかっても十分にげきれる。ろうかをダッシュして客席に入れば、もうこっちのものだ。

西日が差しこんで暑い。

スナちゃんの鼻にあせがふきだしている。わたしはそれを手でぬぐってやった。スナちゃんはにいっと笑って、

「明日、美子姉さんのお見合いや」

といった。

「何回目？」

「八回目」

「美子姉さんは看板娘やろ。おらんようになったらどうするん。ホルモン屋は美子姉さんでもってるやろ」

「うちがおるやん」

スナちゃんはすましている。

「あほらし。まだ子どもや」

「何いうとるん。このごろ、うち手伝うとるんやで。ホルモン運んだり、ビール運んだりして。これでも十分役にたっとるんや」

スナちゃんは看板娘の座を受けつぐつもりらしいが、それは無理というものだ。美子姉さんほどきれいじゃないし、愛嬌がない。

「美子ちゃんはべっぴんさんで愛嬌があるし」とお母さんがいっていたのを思い出して、わたしはぷっとふきだした。

「むりむり」

思わず大きな声になって、あわてて口をおさえる。

おじいさんを見ると、たばこをふかしてその灰をコンクリートの床に、ぱっぱっと落としている。今日にかぎっておしりといすがくっついたように、おじいさんはなかなかそこをはなれない。

わたしたちは根気よく待った。

おじいさんは立て続けにたばこを三本すうと、ようやくうで組みをして目を閉じた。

軽いいびきの音が聞こえた。

「行くで」

わたしとスナちゃんは目で合図しあって、よしずをくぐった。

ばさっ！

いくらも歩かないうちに、ブラウスのすそがよしずにひっかかって、館内にひびくほど、大きい音をたててたおれた。

「だれや！」

わたしはうしろをふりむかないで走った。

真っ暗な客席にかけこみ、いすに深く身をしずめた。動悸がはげしい。スクリーンでは黒ねこが金色の目を光らせ、殺された飼い主の赤い血をペローリ、ペローリとなめている最中だった。ここが一番ぞくぞくする。

スナちゃんはいつまで待ってもこない。

心配になってうら口にもどると、スナちゃんが直立不動で立っていた。門番のおじいさんはうでを組んで、ものすごい形相でスナちゃんを見下ろしている。

「こんなことするの、初めてやないやろ！」

「……」

「連れはどこ行った」

「……」

「ひっぱってこい！」

「……」

「強情はっとると警察よぶぞ。それでもええんか！」

「……」

スナちゃんは何をいわれてもだまっていた。わたしは柱のかげでびくびくしながらそれを見ていた。出ていく勇気がなかった。すごすごと客席に引き返しながら、そんな自分に無性に腹が立った。


つぎの日の午後、お母さんとお姉ちゃんと三人で買い物に行くふりをしながら、美子姉さんがホルモン屋のうら口から出てくるのを待った。

美子姉さんは真っ赤なスーツに、白いハンドバッグ。そして、今日もやっぱり髪はアップに結っている。何だかとてもちぐはぐだ。

茶色い背広をきた男の人といっしょだ。

スナちゃんのお母さんがふたりに笑いながら話しかけているのに、美子姉さんはにこりともせず、さっさと歩きだしている。

男の人があわてて美子姉さんのあとを追いかけた。

「美子姉さん、ことわるわ」

お姉ちゃんが自信ありげにいう。

「なんでそんなことわかるん」

「そんなもん、だれだってわかるわ。美子姉さんはハイカラさんなんやで。あんなおじさんみたいな人、気に入るわけないやん。美子姉さんの好みは背が高くてハンサムな人や、きっと」

「人はみかけやないで」

お母さんがいった。

「結婚するならやっぱり、かっこいいほうがええよ。ねぇ、お姉ちゃん。田村くんのお兄ちゃんなんか、どう?」

「あほやな、あんたは。なーんもわかってない」

お姉ちゃんはぷりぷりした。

「昔とちがっていまの子はあんな人いやや、こんな人いややいうて、ほんまむずかしいわ。うちは女の子ばっかりやから、早いうちからあちこちにたのんでおかなあかんわ」

お母さんは真剣な顔で、美子姉さんの相手を見ている。

「お母さん、うちはぜったい結婚せんよ。もし結婚しても恋愛結婚やで。なんで親のいいなりに見合いせなあかんの」

ほんと、お姉ちゃんはよくおこる。

「見合いせんかったらどうやって同じ故郷の人と知りあうの。こんないなかで」

「なに、それ」

お姉ちゃんはますますおこって
「反対してもぜったい東京の大学へ行くからね」

と、目をつり上げた。

その夜、順子といっしょに気比さんのお堀にホタル狩りに行った。

ホタルは長い竹ぼうきにおもしろいほどとれた。ホタル狩り用にお父さんが作ってくれたものだ。

虫かごをぶらぶらさせて歩いてくると、電信柱のかげからホルモン屋をうかがう人かげがいた。

人かげはこっちこっちというように手まねきをしている。小走りでかけよってきたのは、美子姉さんだった。小さなボストンバッグを手にしている。

美子姉さんは待っていた男の人のうでに手をすべりこませると、うしろもふりむかず走っていった。

美子姉さんが、お店によく来る日本人のお客さんとかけおちしたうわさは、つぎの日の夜にはもう、朝鮮部落にまで伝わっていた。

相手の家の人が来て、美子姉さんのことを性悪女だとか、息子はだまされたとか、ひどいことをいって帰ったらしい。

「あんた、しばらくホルモン屋へ行かんほうがええで」

「うん」とお姉ちゃんにこたえながら、わたしはかけおち事件よりも映画館でのことのほうが気にかかっていた。

一週間ぶりに会ったスナちゃんは、ひどくおちこんでいた。

「すきな人がいたのに、なんで八回もお見合いしたんやろ」

ふしぎでしかたがなかった。

「うち同じ故郷の人やないとあかんのやって。いつもお母ちゃんいうとったさけぇ、お姉ちゃん、すきな人おるっていえんかったんや、きっと」

「それやったら、うちとこもいうとるで。そやけどなんで同じ故郷の人やないとあかんのかなぁ」

「きっと食べ物がちがうからや。キムチとかにんにくとか、日本の人あんまり食べんやろ」

「うん、そうやなぁ」

わたしはたんぽぽ食うのはチョーセンや、といった関くんの言葉を思い出した。

「いっしょににげた人、ホルモン屋のお客さんやろ」

「うん、キムチもホルモンも大すきやったで」

「それやったら、なんで?」

「そこや。うちにもわからんのわ」

スナちゃんはうで組みして「うーん」とうなった。

「おじちゃんもおばちゃんも、がっくりきてる?」

「お父ちゃん、ごっつう腹たててる。お姉ちゃんのこと、はじさらしやて。おまえのせいやいうて、お母ちゃんどついてばっかりや。お母ちゃん、だまってどつかれとるんやで。

お父ちゃんなんかふだんはバクチばっかりやって、ちっとも働かんくせに。ほんま、あかんたれの、お父ちゃんや」

スナちゃんは目をしょぼつかせ、足元の小石をけった。映画館でのことは、とうとう切り出せなかった。

美子姉さんがかけおちしてから、スナちゃんはめったに遊びにこない。

「ホルモン屋もたいへんや」

お姉ちゃんがいった。

お父さんはときどき、朝鮮部落に出かける。朝鮮人のおじさんたちが集まる寄り合いに出るためだ。

ヨンシギさんから産まれたばかりの子豚を見せてあげるといわれていたので、日曜日の夕方、お父さんについていった。

天筒山のすそをはうようにして、いくつものバラックが重なり合うように立っている。ヨンシギさんのおばさんは、鉄くずやぼろを集めながら、豚も育てていた。

朝鮮部落には小学校へ上がる前に、一度だけ来たことがある。トイレも水飲み場も共同で、それらはみな外にあった。

道がぬかるんでいる。きのうの雨のせいだ。ぬかるみの道に板をはわせている。みんなその上を歩く。なれないわたしは歩くたびにどろ水をはねて、お気に入りのスカートをだいなしにした。

部落の入口には新聞やら古着やら鉄くずやらタイヤやら、穴のあいたなべまでありとあらゆるものが、乱雑に山をきずいていた。

バラックの真うしろに豚小屋があった。

豚小屋といっても、木で囲ってあるだけの粗末なもので、そんな豚小屋がそこにはいくつもあった。

囲いのところに持ち主の名前が、朝鮮語で書いてある。

朝鮮部落は記憶にある、あのときと同じだ。

トタンの屋根が飛ばされないように大きな石をのせてあるのも、水はけが悪いのも。

ここでは家の中の電気もはだか電球だ。

お父さんが寄り合いの間、ヨンシギさんに豚小屋を案内してもらった。

「あそこ?」

大きな豚がたくさんいる豚小屋を指差した。

ヨンシギさんは笑って、一番はしの小さな豚小屋の前で止まった。

「こっち、こっち」

「ひゃぁ、かわいい」

五匹の子豚がならんでおっぱいを飲んでいる。

お母さん豚のおっぱいが大きいので、ときどき、口からこぼれる。子豚はそのたびにキキキキないて、おっぱいを探す。お母さん豚はゆったりと目を閉じて、横たわっている。

お腹がいっぱいになったのか、子豚はお母さん豚のおっぱいをはなした。

ヨンシギさんが豚小屋に入って、そのうちの一匹をだきかかえ「手を出して」といった。

わたしはいわれたとおり、うでをのばした。

ヨンシギさんがその上に子豚をのせる。子豚は不安そうにキキキキないて、手足をばたつかせた。

落としそうになって、おもわず手に力が入った。うすもも色のやわらかい子豚のお腹を、わたしはムギュとつかんでいた。

キキキキ
キキキキ

「強くだかないで。やさしく、やさしく」

ヨンシギさんにいわれたとおり、力をぬく。子豚はおとなしく、わたしのうでの中におさまった。

うぶ毛が銀色に光っている。なんてかわいいんだろう。

横たわっていたお母さん豚が、心配そうに体を起こした。

「南章子さんの妹？」

となりの豚小屋でえさをやっていたお兄さんがいった。

わたしはうなずいた。

「お姉さんにいっといてくれるかなぁ。毎週水曜日、ここの寄り合い所で朝鮮語の勉強しとるさけぇ、いっしょにやらんかって」

わたしはヨンシギさんを見た。

おれもやっているんや、という目。

「はい」とこたえながら、お姉ちゃんはきっとこないだろうなと思った。

山から風がふきおろし、新聞がまいあがった。豚小屋からもれる、なんともいえないにおいが風とまざりあって、わたしをおそう。息が苦しくなって、わたしは乱暴にヨンシギさんの手に子豚をもどすと、お父さんのいる寄り合い所に向かってかけだした。

「お父さん、もう帰ろ」

いきなりとびらを開けたわたしにおどろいたおとなたちが、するどい目を向けた。そして、とびらを開けたのがわたしだとわかると、緊張の糸が切れたように、みんな一斉にふーと深い息をはいて、座がゆるんでいった。

木本のおじさんを真ん中にして、十人ほどのおとなたちがすわっていた。新聞や朝鮮語で書かれた雑誌が広げられていた。

木本のおじさんは朝鮮部落でただひとりの大学出だ。他のおじさんたちが朝鮮では食べていけなくなってやってきたのとはちがって、留学生として日本にやってきた。それがどうしてこんな小さな町に流れついたのか、わたしはふしぎでしかたがない。

故郷に帰ってたら、きっとお役人になってたはずや、とお母さんはいう。

そんな木本のおじさんに、お父さんは故郷から漢字まじりの手紙が来るたびに読んでもらい、代筆もたのんでいた。

「もうちょっと外で待っとれ」

お父さんがいった。

「すぐすむからな」

木本のおじさんもやさしい声でいった。わたしはだまってとびらを閉めた。

寄り合い所の板壁に立って待っていると、七万人が逮捕……、戒厳令……といった言葉が切れ切れにもれてきた。

「いよいよ、きびしいな」

木本のおじさんの、のどからしぼりだすような声が、風の音にかき消されていく。新聞が風にまって、ストンと足元に落ちた。

『五月十六日、韓国で軍事クーデター起こる』

大きな見出しがおどっていた。

春に海の向こうで起きたその事件を、夏の終わりにわたしは知った。

9

二学期に入ると、運動会の練習が毎日続いた。練習の大半は組体操を取り入れたダンスだ。

ダンスは五人一組。一人が欠けてもこまるふりつけだ。おまけに、今年からすべての競技が紅白戦になった。

各学年とも六クラスあり、奇数クラスは白、偶数クラスは紅と色分けされた。

リレーでも騎馬戦でも、練習に熱が入り、ときどき小競り合いになった。本番が待ち遠しいほどのもりあがりだ。

運動会を一週間後にひかえた、月曜日の練習のときだ。

「二組の星本さん、休んでばっかりで、みんなイヤがってる」

坂井さんがおどりながらささやいた。

「あの人、朝鮮の人なんやって、南さん近所やろ。知ってた?」

びくっとした。

坂井さんの顔が、まともに見れなかった。

わたしは身ぶりを大きくして、聞こえないふりをした。

坂井さんは、わたしにかまわずしゃべり続ける。

「朝鮮の人の名前って、おかしいと思わん？　星本さん、明仙ていうんやで。星本明仙。な、へんやろ」

そういえば、わたしはスナちゃんのことを明仙ちゃんとよんだことがない。気がつくとスナちゃんとよんでいた。

明仙ちゃんがどうしてスナちゃんになったのか、よくわからない。わかっているのは、決して砂じゃないってことだけ。

たしか、小学校に上がる前の年だったと思う。

公園の砂場で遊んでいると、三人の小学生が近よってきた。

「おまえ、砂ていうんか」

わたしが、スナちゃんというのを聞きつけてのことだ。

「おっ、砂がここにもある、ここにも砂があるぞ」

小学生たちは、砂場の砂を足でぐりぐりふみつけて、にたにた笑った。

そのころスナちゃんは少し吃音で、思い通り言葉が出なかった。

スナちゃんはくちびるをつきだして、上目づかいにわたしを見た。くやしいときや腹が立ったとき見せる、スナちゃんのくせ。

わたしは砂をポケットにつめこんで、スキを見て小学生に投げつけた。

「なにするんや」

ふいをくらって小学生がひるんだ。

わたしはスナちゃんの手を取って全速力でにげながら、うしろもふりむかず毒づいた。

「あほバカまぬけ、ひょっとこ南京かぼちゃ。おまえの母さんでべそ、おまえもやっぱりでべそ！」

「和ちゃん、うち、砂やない。砂やないで」

スナちゃんは、息をぜいぜいはずませながらいった。

「わかってる。わかってるって」

スナちゃんの手を取って走りながら、わたしはこたえた。

学校へ上がるころには、スナちゃんの吃音は治っていたけれど、余分なことはなにひとつ話さない子で、わたしはスナちゃんのそんなところがすきだった。

スナちゃんのお父さんやお母さんは口を開けば美子、美子で、わたしはふたりにぜんぜん似ていないスナちゃんを、もらいっ子だとずっと思っていた。もらわれそこなったわたしともらいっ子のスナちゃん。わたしは勝手に想像をふくらませて、スナちゃんと遊んだ。家でも学校でも優秀なお姉ちゃんと妹の間にあって、いいところのないわたしが、スナちゃんにはたよりにされている。それがうれしかった。

なのにいま、スナちゃんと仲がいいことを知られるのがこわい。

坂井さんはおどりながら、いろんな人のうわさをした。

にげた関くんのお母さんがとなり町でホステスさんになっているとか、三宅くんのちぢれっ毛はおばあさんゆずりだとか、小坂先生と音楽の新田先生は恋人同士であつあつだとか……。

炎天下の運動場で、坂井さんは体を動かし口を動かしいそがしかった。

「水飲んでくるから先に行ってて」

練習が終わって教室にもどりながらこういうと、「うちも行く」とついてきた。

水飲み場のすみで二組の女子数人が、だれかを取り囲んでいた。

「あんたのせいで、うちらよそのクラスよりへたくそなんやで」

「そうや、ちょっとは責任感じてるの?」

「明仙、わかってるの?」

「明仙て、ほんまへんな名前や」

スナちゃんが輪の中にいる。

井上さんたちに取り囲まれて、何もいえないでいる。

「あんたら何してるん」

坂井さんの声に、井上さんがふりむいた。

「星本さんな、休んでばっかりで、うちら迷惑してるんや」

「うちらのダンスめちゃくちゃや」

「来たりこんかったりしたら、うちらこまるさけ、運動会終わるまでずーと休んだらっていうてたんや」

「あんたらも、そう思うやろ?」

「そう思うやろっていわれても、ねぇ」

坂井さんはわたしを見る。

スナちゃんが気づいて、上目づかいにわたしを見た。

（和ちゃん、なんとかいうて）

すがりつくような目だ。

美子姉さんがかけおちして、ホルモン屋はまたかたむきだした。そのうえ人手が足りなくなり、スナちゃんは毎日おそくまでビールを運んだり、あらい物を手伝っている。

だから朝ねぼうするんだ。起きれないからちこくしたり、休むんだ。

学校へ行ってもお金にならん。

スナちゃんのお母さんが家に来て、何度もこんなことをいってるのを聞いた。

（和ちゃん、なんとかいうて）

スナちゃんの目がさすように、わたしを見る。

顔がほてっていく。

あせがじとじとして気持ち悪い。わたしは紺のショートパンツに、手のひらをこすりつけた。

「おそくまで店の手伝いしてるんやから、しょうがないやろ」

ひとこと、たったひとことと、そういえばすむ。

のどがぴりぴりして、ひざがふるえた。

くちびるがかわいた。

わたしは、つうーとスナちゃんから目をそらした。

「そんなん、うち、しらん」

教室に向かって、走った。

「南さーん、水飲まんのー」

坂井さんの声が追いかけてくる。

(あほバカまぬけ、ひょっとこ南京かぼちゃ。おまえの母さんでべそ、おまえもやっぱりでべそ)

わたしは何度も何度も、声を出さずにさけんだ。

目のふちであせかなみだかわからないしずくが、もりあがっていくのがわかる。

あほバカまぬけ、ひょっとこ南京かぼちゃ。おまえの母さんでべそ、おまえもやっぱりでべそ。

もりあがったしずくが、ふたすじ、ほおをつたった。

スナちゃんは運動会に出なかった。

運動会がすんでも学校に現れなかった。それだけじゃない。歩いて五分もかからないわたしの家にも、すがたを見せなかった。

何度かホルモン屋へ行こうと思ったけれど、上目づかいにさすように見たスナちゃんの目を思い出すと、足がすくんだ。あのとき、わたしはスナちゃんをみすてたんだ。あのときだけじゃない。映画館でも……。

スナちゃんに何をどういいわけすればいいか、思いつかない。

ホルモン屋の近くを通るとき、わたしは息がつまるくらい走った。そして、スナちゃんはもうすっかりホルモン屋の看板娘になったんだ、そう思おうとした。

夕ごはんのあと「スナちゃん学校ぜんぜん行ってないんやって？」とお姉ちゃんに聞かれた。

「明日、さそってみたら？」

返事をしないわたしに、

「なんや、ケンカしたん？　めずらしい」

といって笑った。

お姉ちゃんは何も知らない。

「スナちゃん、学校へ行かんかったらどうなる?」

心配だった。

「別にどうにもならんよ」

「そやけど義務教育はぜったい行かなあかんやろ」

「あほやなぁ、あんたは。わたしら外国人なんやで。義務教育は日本人のためのもんや。その証拠に、小学校に入るとき、役所から知らせ来んのやで」

「うそー。ほんま、お母さん」

「そうや。ぼーとしとったらあんたらもヨンシギさんみたいに、学校行けんとこやった」

お母さんはほほほと口をすぼめて笑う。

「うち、それでもよかった。勉強きらいやもん」

「あほなこと。お父さんもお母さんも学校行かせてもらえんと日本に来たから、朝鮮語も知らんし日本語も知らんし。ほんま、なさけない。あんたらにはお父さんとお母さんの分まで、しっかり勉強してもらいたいんよ」

お母さんはしみじみと、ほんとにしみじみとそういった。

「そうや、スナちゃん名前変えたの知ってる？」

お母さんが思い出したようにいった。

「知らん」

「なんや悦子にしたらしいで。明仙てええ名前やのに」

「明仙て、変な名前や」

「菊子のほうがよっぽど変やろ」

「それって、お母さんの名前や」

「お母さんは粉姫やで」

「うそー」

「ほんまや。福子さんは福順、春子さんは春姫」

初耳だ。

「日本に来たとき、こっちふうの名前に変えられたんや。あんたらの名前も一応ちゃんと作ってあるで。あんたは和瑛……」

「そんなん、聞きとない」

和もカスみたいでいやだけれど、すぐに朝鮮ってわかる名前なんて、もっといやだ。

「明仙とか淑姫とかは故郷では女の子らしい、ええ名前なんよ」

「そのミョンソンがなんでスナなん？」

どうしてスナちゃんとよばれるようになったのか、知りたかった。

「ああ、それはあんたらがソナっていうのをスナって聞きまちがえてるだけ」

朝鮮語になれていないわたしたちが聞きちがえて、仙ちゃんがいつのまにか砂ちゃんになった。

そして、スナちゃんはいじめっこにはやしたてられた。

そういえば、あのときスナちゃんは砂じゃない、砂じゃないって必死にさけんでいたけれど、ソナだっていいたかったのかもしれない。

だったら、そういってくれたらよかったのに。

わたしは自分が悪いくせに、ほんの少し、スナちゃんをうらんだ。

スナちゃんの顔を、もう長い間見ていない。

二組を通るたびにスナちゃんのすがたを探した。いつ見てもスナちゃんはいなくて、スナちゃんのつくえだけが教室の真ん中で、行儀よく鎮座していた。

坂井さんもスナちゃんのことを口にしない。佐和ちゃんのときと同じように、わたしはスナちゃんとのことも心の奥に閉じこめた。わたしは、どんどんイヤな子になる。

秋が忍びよっていた。

ツタが郵政官舎をおおいつくしたころ、お宮の森ではいちょうももみじもそして柿の葉も、まるでしめしあわせたように色づいた。

けれども秋のお宮の森は、夕暮れが早い。

お宮の森はどこよりも早く秋をむかえ、どこよりも早く冬じたくを始めていた。

大鳥居を入ってすぐ横手の奥にある、おきつねさまをまつってあるおいなりさまに、よなよな白いドレスをきた女の人が現れるといううわさがたったのは、十一月の初めだった。

おきつねさまが化けるのは、しのつく雨の夜と決まっているのに、白いドレスの女は毎晩現れる。

闇に包まれたお宮の森に、ふわっ、ふわっと現れる。

「うそに決まってるよ」

探検に行こうというわたしを、お姉ちゃんは相手にしない。

それでもくいさがるわたしに「ヨンシギさんにたのんだら」といった。

それってグッドアイデア。

なんてったってヨンシギさんは元チンピラで、みんながこわがるヤクザの子分だったんだもの。

「でも意気地ないと思うよ。ほら、指切られそうになって、おもいきし泣いてたやない」

お姉ちゃんはくっくっと笑いながら、こういう。

ヨンシギさんは、昔のことをわすれたいと思っているのに、お姉ちゃんはしっかり覚えていて、仕事帰りのヨンシギさんに出会うと笑いをためこんで、一気に家の中で爆発させる。

ヨンシギさんはそんなことぜんぜん知らずに、きれいで頭のいいお姉ちゃんが、朝鮮部落に朝鮮語を習いにこないかと、ちょっとだけ期待してる。

お姉ちゃんがこんな小さな町を出るために、必死でガリ勉してるって知ったら、がっかりするだろう。

「土曜日にしよ。夜おそいから、つぎの日休みのほうがええやろ」

ヨンシギさんはおもしろがって、わたしのたのみを聞いてくれた。

意気地はないけど、やさしい。

土曜日はすぐにやってきた。

わたしにつきあって、白いドレスの女の正体をさぐるヨンシギさんに、お母さんは夕飯を用意した。

わたしたちにはカレーライス。お父さんにはすき焼き。

「すき焼きなんてほんと久しぶりです。オレとこのオモニは、こんな日本のおかず作れんから」

ヨンシギさんはほんと、おいしそうに食べる。

カレーライスは三杯もおかわりした。最後のごはんをスプーンで口に運びながら、「おじさんは?」とお父さんにいった。

ヨンシギさんは、お父さんがカレーライスを決して食べないことを知らない。

「お父さんはカレーライス、食べへんの」

順子がいって、

「日本に来る船の中で、イヤというほど食べたから」

とわたしが説明した。

ヨンシギさんは、きょとんとした顔をした。

「あのときのつらいこと、思い出したくないんよ」

お母さんの言葉にヨンシギさんは「はぁ」といってだまった。


お宮の森は闇に包まれていた。

赤い大鳥居は、まるで森にひそむ闇の大王の口のようだ。

外灯の青白い光がぶきみだ。

車も人も通らない深夜だった。

石灯籠のかげにかくれて待つこと二時間。

「やっぱりうわさなんよ」

食後、気が変わってついてきたお姉ちゃんが、しびれをきらした。

ヨンシギさんが、にやっと笑ってわたしを見る。

どうだ、納得したかと目がいっている。

わたしはしぶしぶうなずいた。

さぁ、帰ろうといって立ち上がったときだ。おいなりさまに続く細い小道に、とつぜん人かげが現れた。

「ヨ、ヨンシギさん」

わたしとお姉ちゃんは、ヨンシギさんのうでにしがみつく。

「う、うん」

ヨンシギさんの声もこわばっている。

白い人かげは、人ひとりやっとの道を、まるで宙をまうように、すいすいと歩いていく。

風がふくたびに、胸元からひらひらと細いりぼんのようなものがゆれた。

白い人かげはおいなりさまを通りすぎて、竹やぶの中をゆく。

道はますます細くなっていた。

お宮の森の中でもおいなりさまのまわりは特に木がしげり、昼間でもうす暗い。

おきつねさまが出るというので、わたしはいままで一度もここに足をふみいれたことがなかった。

竹やぶの中は真っ暗だ。

もう、おそろしくて引き返せない。

わたしたちはあとをつけているのも忘れて、白い人かげにみちびかれるように歩いた。

遠くに青白い光が見えた。

白い人かげはそこを目指していた。

「あっ、あそこ」

近くにさしかかったとき、お姉ちゃんがおどろいた声をあげた。

そこは、わたしたちが朝鮮の神さんとよんでいる角鹿神社だった。

おいなりさまと角鹿神社は、竹やぶをはさんで続いていたのだ。

白い人かげは石だたみにひれふして、ぶつぶつぶつぶつ呪文のようなものをとなえ始めた。

呪文は風が流れるように、大きくなったり小さくなったり。

「朝鮮語や」

おし殺した声で、ヨンシギさんがいった。耳をすますとたしかにそうだ。

二年ぐらい前、春子おばさんに子どもがさずかりますようにと、米原から朝鮮の巫女であるムーダンをよびよせて、おはらいをしてもらったことがある。

ムーダンはあのとき、抑揚をつけてぶつぶつと、口の中で転がすようにお祈りをした。

目の前の（白いドレス、と思ったのはチョゴリだった）女はまるであのときのムーダンそのものだった。

ひれふしながらいのっていた女は、やおら立ち上がりおどりだす。女の手には笹がにぎられている。わたしたちは気づかなかったけれど、竹やぶで手折ったにちがいない。

風の中で女のムーダンおどりが続く。

顔をおおっていた長い髪が、風にまいあがった。

青白い光の中に、見覚えのある顔がうかびあがった。

「春子おばさん……」

わたしたちは言葉を失った。


心を病んだ春子おばさんが、郊外の病院に入院する日、初めてみぞれがふった。

路地の入口に黒ぬりの大きな車がとまって、春子おばさんを待っている。

鉄浩おじさんにかかえられて、車に乗ろうとした春子おばさんは、いやいやと子どものように首をふった。

おばさんと目があった。

鉄浩おじさんの手をはらいのけて、春子おばさんが近よってくる。

「和ちゃん、おばさんちの子どもにならん？」

弱々しい声。

「和ちゃん、お人形買いにいこう。大きなミルク飲み人形買ってあげる」

おばさんは昔そうしたように、わたしの髪をなでつける。

大きなお腹をして側に立っている佐和ちゃんのお母さんの顔が、一瞬けわしくなった。

佐和ちゃんがわたしをじっと見た。わたしはどぎまぎして、視線をはずした。

鉄浩おじさんが、いやがる春子おばさんをうしろからかかえて、無理矢理車に乗せた。

春子おばさんはあきらめたのか、シートに深く体をしずめた。

春子おばさんのなみだのように、はげしくみぞれがふりはじめた。

車のまどがあわてて閉められ、それを合図に車は大通りに向けてすべりだしていく。

びしょぬれになりながら、春子おばさんを追いかけた。片方のくつがぬげたことに気づかなかった。

春子おばさんを乗せた車は遠く、小さくなってゆく。

「和、もう帰ろ」

かさをさしだしたお姉ちゃんの左の手には、わたしのくつがあった。

どうしてもあとつぎがほしかった鉄浩おじさん。おじさんのあとつぎはもうすぐ生まれる。だけど、そのために春子おばさんは心を病んでしまった。

おっちゃんと結婚したら、お母ちゃんは魚売りせんでもええ、高校にだって行かせてもらえる。

しぼりだすような声でいった佐和ちゃんの言葉が、よみがえる。

鉄浩おじさんなんか、だいっきらい。

さけびだしたくなった。

なんでもいいから、大声でさけびだしたくなった。でも、わたしの口からもれたのは、大きい白い息だけだった。

10

十二月に入ると北風が急にふきつけ、雲があつくなる。そして前ぶれもなく大つぶのあられが、はげしい音をたてて空から落ちてきた。

土曜日の午後、納屋に冬の間食べるキムチ用の白菜が運びこまれた。

大きな樽、三つ分だ。

納屋の外の水あらい場で白菜を四つに切ってあらう。あらった白菜を大きなざるにならべて水を切る。

お母さんの手は真っ赤になって、氷のように冷たい。

いつもの年だったら、春子おばさんが手伝ってくれたのに。

お姉ちゃんとふたりでにんにくの皮をむく。水でぬらして、やわらかくなったところを一気にむくのがコツってお母さんがいった。

けれども、何度やってもうすい皮はうまくむけない。

つめの中に実がくいこんで、むき終わるころわたしはにんにくのにおいまみれになっていた。

郵便が届いたのは、あとかたづけを終えて、みんなで一休みしていたときだ。

「お母さん、これ朝鮮から」

手紙の差出人はいつもの人。見たこともないわたしのおじさん。

「朝鮮のどこ？」

「水原」

水原はお父さんの生まれた村だ。

水原と聞いて、お母さんはとたんにいやな顔をした。

年に二、三度故郷にいるおじさんからお金の無心がくる。そのたびにお母さんは不機嫌になり、お金を送る、送らないでお父さんとケンカになった。

お金がないから送れない、といつまでもいいはるお母さんにお父さんは腹を立て、丸いちゃぶ台をひっくりかえす。

おかずは飛び散り、茶わんやお皿がわれる。お父さんはそんな夜は、ぷいと外に出ておそくまで帰らない。

お母さんは、はぁと一息ついて、手紙をお父さんの文箱にしまった。

「お姉ちゃん、どうする？」

「なにが？」

「今日、またやるよ」

わたしは両の人差し指を、パチパチとクロスした。

「お父さん、家のことなーんもわかってないからね」

「お姉ちゃんはお母さんの味方？」

「あほ、敵も味方もないやろ。単純やな、あんたは」

お姉ちゃんはあきれたようにいった。

仕事から帰ったお父さんは、夕ごはんも食べずに手紙を持って、朝鮮部落に出かけていった。

木本のおじさんのところだ。

しばらくしてお父さんは、お酒のにおいをぷんぷんさせてもどってきた。

玄関を入るなり「死んだ」といった。

「えっ、だれが？」

「オモニや」

お母さんはびっくりして、お父さんをじっと見た。

「いつですか?」

「一月前……」

「一月前って、連絡がおそすぎるじゃないですか」

「しかたないやろ、向こうかて、字、知らんのやから。人にたのんだらこれぐらいかかるやろ」

「それにしたって……」

お母さんはくちびるをかんでいる。

お母さんはお父さんからふうとうを受け取って、読めもしない手紙を広げた。

巻紙に漢字と朝鮮語まじりの文章がならんでいた。

お父さんとひそひそ声で話していたお母さんが、

「和、あんた悪いけど水原のハルモニが亡くなったって、急いで福子おばさんに知らせてきて。帰りに酒屋へよってお酒買ってきてほしい。章子はお母さんを手伝って」

と、きびきびした声でいった。

外に出ると雪がふっていた。

セーターのえりから雪が入ってくる。そのときになって、コートもきず、おまけにてぶくろもかさも持たずに出てきたことに気づいた。

気比さんの中をつっきって行けば、福子おばさんの家は近い。

お宮の森は静まりかえって、ぶきみだ。

雪をふむわたしの足音だけが、ひびく。その音に勇気づけられて、わたしは走った。

「おばさん、福子おばさん。水原のハルモニが死んだって」

福子おばさんの家の玄関を開けるなり、わたしはこういった。

息がぜいぜいする。

「早く来て」

「えっ、だれが死んだって?」

福子おばさんはまのびした声で聞き返す。「ハルモニ。早く来てや」

わたしはもう一度こういって、とびらを閉めた。

わぁとも、ぎゃぁともいえない泣き声が、家の中から聞こえた。

「ちゃんとしたお葬式はあっちでやってるから、今日は心ばかりの供養をね」

わたしからお酒を受け取りながら、お母さんがいった。

奥の部屋をそっとのぞくと、お父さんが急ごしらえの祭壇の前にすわっていた。

祭壇には二本のろうそくがともされ、アルバムからはがした、ハルモニの写真がかざってあった。白いチマ・チョゴリをきて、髪をひっつめている。その横に、

　　金明仙、一九六一年十月二十六日逝去

と書かれた和紙がはりつけてあった。木本のおじさんに書いてもらったのだろう。

写真のハルモニは五十歳だ。お父さんが日本に来るときポケットにしのばせて持ってきた、ハルモニのたった一枚の写真。

写真はすっかりセピア色。おまけにシミまでついてる。

お父さんと同じ、少したれた目元。がんこそうな口元。ひたいにきざまれた幾重ものシワは、とても五十歳には見えない。

お父さんは、七十二歳で亡くなったハルモニのいまを知らない。なにしろ、別れて二十二年もたっているんだもの。

お父さんはひざの上においたこぶしをぎゅっぎゅっとにぎりしめながら、かたをふるわ

せていた。

お父さんが泣いてる。

いつもいばっているお父さんが泣いてる。

お父さんの背中が小さく見えた。

わたしに気づいたお父さんが、ふりかえった。

「こっちこい」

わたしはちょこんとお父さんの横にすわる。

お父さんはハルモニにそなえたお酒をぐいっと飲んで、

「さぁ、ハルモニに、一杯ついでやれ」

といった。

お父さんの手にすぽっと入った小さなさかずきにお酒をそそぐ。

手がふるえる。

ビンとさかずきがふれあって、かちゃかちゃ鳴った。

お父さんがちょっと笑って、指についたお酒をなめた。

「おいしい?」

お父さんは返事をしないで、なめるか？　というように指を出す。

うん、とうなずいてわたしはお父さんの指をちょっとなめた。

「まずい」

「まずいか、そうか、まずいか」

お父さんはハルモニの写真を見ながら、泣き笑いをした。

ロウソクの炎で、ハルモニの名前が書かれた和紙が、たよりなげにひらひらゆれた。

金明仙。

ハルモニの名前を初めて知った。

「お父さん」

「ん？」

「ハルモニとスナちゃんと同じ名前や」

「そっか」

いつもいばっているお父さんの悲しそうな顔を見ていたら、急に、心がゆるんでいった。

「うち、ちょっとだけ、朝鮮ていややなぁて思た」

お父さんはなにもいわない。

だまったまま、ハルモニの写真を見ている。

「ちょっとだけやで」

ごつごつした太い手が、わたしの背中をさする。

わたしはいつのまにか、ぐずぐず泣いていた。

「うちな、スナちゃんと佐和ちゃんに、もう、会えん」

「なんでや」

「そやかて……うち……」

しゃくりあげながら、わたしはせきを切ったように、佐和ちゃんとの対決やスナちゃんのことをしゃべり続けた。

「悪いと思たら、あやまれ」

だまって聞いていたお父さんがいった。

「和はふたりに悪いことをしたと、思とるんやろ」

「うん」

「だったら、あやまれ」

「……ゆるしてくれると思う？」

「さぁ。ゆるしてくれんでも、自分が悪いと思とるんやったら、ちゃんとあやまらなあかん。あやまる相手が近くにおるんや。父さんは、あやまりとうても、今日の今日まであやまれんかった。いま、二十二年も親不孝して、かんにんしてやいうてあやまったとこや。おまえらにも会わせてやれんで……。朝鮮人ていややなぁと思とるんは和だけやないぞ。父さんかて、朝鮮人はなぁんも悪ないのに、なんでや、て思うときある。ほいでも、うじうじ考えとったらあかんやろ。おまえらがおとなになるころには、いつでもすきなときに故郷に帰れて、アメリカでもどこでも、すきなとこへ行けるようにしてやる。父さんもがんばるさけ、和もがんばれ」

「ん。お父さん、うち、イヤな子やろ」

「なにいうとるんや。和はええ子やぞ。父さんの自慢の子や」

なみだがあふれて止まらない。

ハルモニの写真がぼやけた。

お父さんはさかずきを線香の上で三回まわして、それから、写真のハルモニと乾杯する仕草をしたあと、さかずきのお酒をぐいっと飲みほした。

雪の中をコートもきないで福子おばさんのところに行ったのが、よくなかった。

わたしは翌日から熱を出して、学校を休んだ。二日間、熱は下がらなかった。三日目になるとようやく熱は下がったけれど、頭はぼんやりしていた。

天井をながめながら、うつらうつらしていると、まどがたがた鳴って、すきまから白い紙切れが、すすっとはさみこまれた。

飛び起きて、ほんの少しまどを開けた。

スナちゃんがおどろいた顔で立っていた。

「ああ、びっくりした」

「びっくりしたのはこっちや」

わたしがいった。

「だれもおらんと思たのに」

「かぜひいて休んだ」

ふーん、とスナちゃんがいった。

「そこ、寒いやろ。中、入っといで」

スナちゃんは首をふる。

「なんで？　店いそがしいん？」

「和ちゃん、うち、いまから夜逃げするんや」

スナちゃんはわたしの目を、正面からまっすぐに見すえていた。

「夜逃げって、いま昼やんか」

「そいでも夜逃げや。こそこそにげるさけ」

言葉とは裏腹に、スナちゃんは堂々としていた。

「まだ、時間ある？」

わたしが聞いて「少し」とスナちゃんがこたえた。

わたしは大急ぎでパジャマの上から服をきてズボンをはいた。その上からコートをはおり、マフラーを首にぐるぐるまきつけて外に出た。

「かぜひいてるのにだいじょうぶなん」

ちっとも、だいじょうぶじゃなかった。だけど、このままさよならしたくなかった。

「薬飲んだから」

わたしはせきをのみこんだ。

「気比さん、行く？」

わたしはいった。

スナちゃんと手をつないで、お宮の森まで歩いた。

てぶくろをはめていないスナちゃんの手はあかぎれて、おまけにしもやけでぷくっとふくれている。

わたしはスナちゃんの手をぎゅっとにぎった。

スナちゃんはだまってにぎりかえしてきた。わたしたちはならんでゆっくり歩いた。宮司さんの目をぬすんで、もいでは食べ散らかしたいちじくや柿の木は、すっかり葉が落ちて寒々としていた。池はあいかわらずこい緑の藻でおおわれている。

玉じゃりがぎゅっぎゅっと鳴った。

「ここで、よう遊んだなぁ。うちがくつ落としたとき、和ちゃん、長い棒探してきて拾ってくれたやろ。その後、よせばええのに、棒で池かき回してるの見つかって……」

「うん、いっしょに宮司さんにおこられた。二時間ぐらい、ここで立たされた」

何も見えない池の水面を、スナちゃんはのぞきこんだ。

ふっくらしていた顔は少し肉が落ちて、美子姉さんにそっくりだった。

「スナちゃん、ごめんな」

「えっ、なんのこと」

「運動会の練習のとき。それから、映画館でつかまったとき……」

「ああ。気にせんでええよ」

スナちゃんは笑った。

やさしい目だ。

「うちかて、かんにんな。和ちゃんのとこ、行こう思たけど、家の中、ごちゃごちゃしとったし、お姉ちゃんの居場所わかって、会いにいったりしとったさけ」

「美子姉さん、どこにおったん？」

「名古屋。そやけど、いっしょににげた男の人と別れて、ホステスさん、しとった」

「かわいそうやな」

「うん。ほいでも、お姉ちゃん、うちに後悔しとらんていうたから、なんや、それがうれしい」

きりっとした物いいに、ハッとした。少し見ない間に、スナちゃんはすっかり大人びていた。

「夜逃げしてどこ行くん」

「大阪。なんや大阪にはうちらみたいな朝鮮人ぎょうさんおるんやって」

「そこでホルモン屋するん？」

「そうや。お母ちゃん、それしかできんていうとった」

スナちゃんはしもやけの手がかゆいのか、ぼりぼりかく。

「学校、やっぱり行かんの？」

「わからん。けど、うち、国の言葉は勉強するで。お客さん、うちらと同じ国の人多いし、言葉わからんかったら商売できんやろ。国の言葉勉強するんやったら、学校行かせてやるって……。うちとこのお父ちゃんもお母ちゃんも和ちゃんとことちごて、なんでもお金に結びつけるさけ、かなんわ」

スナちゃんは虫歯だらけの歯を見せた。

「スナちゃん、明仙て、ええ名前なんやで。知ってた？」

「知ってたよ」

からっとした声だ。

「知ってて悦子に変えたん？」

「変えようと思たけど、やめた。変えたって同じやもん。うちはうちやろ」

スナちゃんは北風の中にすっくと立って、わたしを見ていた。

「和ちゃん、なにいうても笑わん？」

「うん。なに聞いても笑わんよ」

「うちな、お母ちゃんのあとついで、ホルモン屋になる。ほいで、大阪一、おいしいホルモン屋にするわ。大阪のつぎは日本一、そのつぎは世界一や。食べにくる？」

「行く、行く」

「ほんまやで」

「ほんま、ぜったいや」

スナちゃんと指切りしながら、スナちゃんはきっと、看板娘になるだろう、とわたしは思った。

「うち、そろそろ行くわ」

「スナちゃん……」

「ん？」

「手紙ちょうだいな」

「手紙かぁ……」

スナちゃんは口をもごもごさせた。

「朝鮮語でもええで」

「朝鮮語知らんくせによういうわ」

「中学生になったら朝鮮部落で習う」

思いがけない言葉が口をついた。

スナちゃんと話すまで、そんなこと考えてもいなかったのに。

「どっちが先覚えるか、競争しよか」

「うん、競争しよ」

わたしはお母さんにあんでもらったばかりのピンクのてぶくろをはずして、しもやけでふくれたスナちゃんの手にはめた。

「ええの?」

「ええ。スナちゃんにやる」

わたしはもう一度、てぶくろの上からスナちゃんの手をぎゅっとにぎりしめた。

「バイバイやな」

スナちゃんがいった。

「うん、バイバイや。なんもかんも」

「なんもかんも？」

「そうや、なんもかんも。……きのうまでのうちにバイバイする」

灰色のあつい雲が空をおおっていた。

空と大地の間に流れる空気は冷たく、重い。それをはらいのけるように、わたしはあごをピンと上に向けた。

銀色(ぎんいろ)の手錠(てじょう)

次良丸(じろまる) 忍(しのぶ)

1

にやにや笑ってネズミがいった。

「悪人だな三上、どっからとって来たんだよ」

「え」

ぼくは、ネズミが何をいっているのか、わからなかった。

しかし、いちいち聞きかえしているひまはない。塾の始まる時間がせまっているのだ。ぐうぜんであったネズミなんかと、立ち話なんかしてられない。

「ごめん、また明日」

そういいながら、通りすぎようとすると、ネズミは、ちょっと待てよ、とうでをつかんだ。

「にげるなよ。同じ六年一組じゃねえか。へるもんじゃなし、少しぐらい見せてくれたっていいだろ」

ネズミは、にやにや笑いを消さぬまま、ぼくの手首に、大きな目玉を近づけた。

ネズミが、なぜぼくをひきとめたのか、ようやくわかった。新しい腕時計のせいだ。

「すげえな、それ」

ためいきまじりに、ネズミはいった。

そうならそうと、最初からいえばいいのに。まったくこいつは、いうことが遠回しなんだから。

「なあ、どこからとって来たんだよ。教えろよ」

「変なこというなよ。知らない人が聞いたら本気にするだろ。ちゃんと、買ってもらったんだ」

わざとらしく胸をはって、ぼくはネズミにいいかえした。

この前の日曜日、誕生日のプレゼントということで、母さんに買ってもらったのだ。時刻を表示する文字板にくわえて、三十分計と十二時間計の、ふたつの小さな文字板がついた、本格的なクロノグラフだ。

前につかっていたのは、時間と日付を表示するだけのデジタル時計だった。父さんが生命保険に入った時、おまけでもらったものだったが意外とじょうぶで、もう四年もつかっていた。

そろそろ新しいのがほしいと思った時、たまたま見つけたそれに、ぼくは、すっかりとりこになったのだ。

「いくらだったんだよ」

「定価は一万円ぐらいするらしいけど、特価で、八千円だったかな」

本当は四千五百円だったけど、うらやましがらせたくて、ちょっとうそをついてしまった。

「どこで売ってたんだ」

「駅北口のカメラのヤマダ」

「ああ、ディスカウントショップか」

ネズミは、口をゆがめてそういい、鼻で笑った。

いつもなら腹が立ったと思うが、今日はそんな気にならない。なにしろネズミの腕には、ぼくが前にしていたのに負けないほどおんぼろの、デジタル時計があったのだから。

「ちょっとだけ。ちょっとだけでいいから、かしてくれよ」

あごをつきだすように頭を下げて、ネズミはいった。

「いやだよ。お前の手あかと指紋がつくから」

「そんなのきれいにふいてかえすからさ。おれも一度そんな腕時計、してみたかったんだよ。な、たのむよ」

「いやだね。もう塾の時間なんだ。行かなきゃ」

「冷たいこというなよ。よっ、大統領。日本一のいい男。世界一、いや、宇宙一」

「うるさいなあ……ちょっとだけだぞ」

「やったー」

ぱちぱちとネズミは手をたたいた。

ぼくは、銀色に光るクロノグラフをゆっくりはずすと、そっとネズミの手にのせた。

「ひゃー、思ったより軽いな」

ネズミは、ぽんぽんと手のひらではずませた。チャンチャンというバンドが重なる金属音がした。

「おいおい、落とすからやめろって」

「わりい、わりい。なあ、この小さい針はなんの意味があるんだ」

「右のはひと回り三十分で、左のが十二時間」

「そうじゃなくて、どんな時つかうんだよ」

「それはその」

あらためて聞かれるとわからない。

「たとえばその、たとえば、三十分を計りたい時や、その十二時間を計りたい時に……」

しどろもどろに答えたが、ネズミは、ぼくの答えなんか、はじめから聞いてなかった。

「ちょっとこれ、はめていい。ちょっとだけ、な」

ぼくがうんとうなずく前に、ネズミはもう自分の時計をはずすと、ぼくのクロノグラフをはめてしまった。

「おおっ、ぴったり」

へへへへと、ネズミはほっぺたをゆるませ、ぼくを見た。

背の高さも体重も、ぼくとネズミは、ほとんど変わらない。腕時計がぴったりあっても、不思議じゃない。

何をそんなに喜んでいるのかと思ったが、それはぼくのかんちがいだった。ネズミは、バンドがぴったりだったから、笑ったのではなかった。

「ちょっとだけ、ちょっとだけ、な、取りかえっこしようぜ」

いうが早いかネズミは、ぽいっとぼくにむけて、自分のデジタル時計を投げると、道路のむこうにかけだしたのだ。

「あっ、このやろ」

あわてて追いかけようとしたのだが、トラックとバイクがたて続けに通りすぎ、道路をわたることができない。

その間にネズミは、本屋の前に置いてあったやつの自転車にまたがって、手をふって逃げてしまったのだ。

やられた。

ネズミが笑ったのは、作戦成功の意味だったと、この時はじめて気がついた。

ぼくは、足もとに転がった、やつのデジタル時計を拾いあげた。液晶表示は、塾の始まる時間を、とっくに過ぎていた。

2

情けないのと、腹が立つのの両方で、塾では勉強どころじゃなかった。

かといって、あのネズミのやつに、新品のクロノグラフを持ってかれてしまったなんて、みっともなくて、だれにも話せない。

同じクラスで、同じ塾に行っている永井博之に、話があるとひきとめられたのに、明日にしてくれと、一人でまっすぐ帰ってしまった。

「ただいま」

玄関のドアを開けると、胃袋がふるえるようないいにおいがした。

すうーっと深呼吸をしてみる。

大好物のビーフシチューらしい。

ずっと落ちこみっぱなしだった気分が、少しだけやわらいだ。

やっぱり神様はいるのだ。そんな気がした。

ふらふらっとキッチンをのぞくと、ガスに火をつけ、母さんがいった。

「おかえり、時計どうだった。みんな、うらやましがったでしょう」

「えっ」

ぼくはあわてて、ネズミの腕時計をした左手を、うしろにまわした。

そうだった。塾のみんなに自慢してくると、宣言して家を出たのだった。

「う、うん、みんな、そう、永井なんて、よだれをたらしてほしがったよ」

「よだれを、そんな、あははは、どうして、食べ物じゃないでしょ。あははは」

母さんにあわせて、えへへへと笑いながら、ぼくは後ずさりすると、キッチンから逃げだした。

本当のことは話したくない。めんどくさいというのもあるし、話せば助けてというみたいで、かっこわるい気もする。ネズミのことぐらい、自分だけでなんとかしたい。

自分の部屋に入ると、ぼくは手さげかばんを机に放り投げ、ごろんと横になった。

これというのも、みんなネズミが悪いのだ。さっきから、いやになるほど思いかえしているネズミの顔が、またしても頭にうかんできた。

大きな目玉に、とがったあご。どことなく『ネズミ』に似ているけれど、ネズミがネズミとよばれるようになったのは、見かけのせいではない。

あれは三年生の時のことだ。

やっぱりぼくとネズミは、同じクラスだった。そのころネズミは、まだネズミじゃなく、本名の深田信一だった。深田とか、信一とか、まあふつうに呼ばれていた。ところがだ。ある朝のこと、深田は、おもしろいものを手に入れたといって、小さな箱を学校に持ってきた。

父さんのくつでも、入っていたものだろうか。ぱっと見たところ、おもしろくもなければ、不思議なものにも見えなかったが、ふたにくぎでもさしたようなあなが、いくつも開いていた。どうやら深田のいうおもしろいものは、中に入っているらしい。

「おどろくなよ」

深田が、集まってきたみんなを見まわして、得意げに笑った顔を、ぼくは今でも忘れることができない。

うふふふと笑いながら深田は、ゆっくりゆっくりふたに手をかけると、今度は勢いよく、ぱっとひらいた。

「なんだこりゃ」

箱の中に入っていたのは、どこにでもあるゴキブリとりだった。あの、家がたに組み立てた箱の中が、べたべたする粘着シートになっている、あれのことだ。

きゃーといって顔をそむけた女子もいたが、ほとんどのみんなは、それがどうかしたのかといった目つきで、深田を見つめた。ぼくも、その一人だった。

しかし、深田はべつに気にもしてないふうに、そのゴキブリとりを取りだした。

その時だ。とつぜん深田のむかい側にたってたやつが、うわっと悲鳴のような声をあげた。

えっと思ったが、つぎの瞬間、ゴキブリとりが、ぼくの目の前にさしだされ、すべてがわかった。

ゴキブリとりの粘着シートに、一匹の小さなネズミが、手足をひろげたかっこうで、はりついてしまっていたのだ。

どうしてネズミが、ゴキブリとりの中に入ったのかとか、あのネズミは生きていたのかとか、その後そのゴキブリとりをどうしたのかとかは、あまりおぼえていない。

ただ、クラスのみんなが深田を気味悪がって、しばらく近づくのをさけたことと、それ以来、深田信一が、ネズミと呼ばれるようになったことは、はっきりおぼえている。

あいつが、だんだんネズミに顔つきが似てきたのは、きっとあのゴキブリとりにかかったネズミの、たたりに違いない。

そんなことはともかく、ぼくのクロノグラフ、ネズミのやつ、きずつけてないだろうな。明日はどうしても、かえしてもらわなければいけない。

電話をかけておくか。

いっておかないと、きっと持ってこない。

ぼくは、机の引きだしから、アドレスメモを取りだすと、ぱらぱらとめくった。

ところが、ないのだ。

思えば、ネズミの家に電話することがあるなんて考えもしなかったから、住所はともかく、電話番号まではひかえてなかったんだ。

まいったな。だれかに聞かなくちゃならない。でも、ネズミの電話番号なんて、いったいだれに聞けばいいんだ。えーと、えーと。

「邦夫、なにしてるの。シチューさめちゃうよ。早くごはん食べなさい」

母さんの怒鳴り声がした。

そうだ、ビーフシチュー。腹がへっては、脳みそがはたらかない。とにかくごはんだ、ごはん、ごはん。

ぼくはアドレスメモを、ぽんと投げだし立ち上がった。

3

げた箱で、ちょうど服部克彦に会った。

「ネズミ、つかまったか」

たずねる服部に、

「ばっちり」

ぼくは、親指を立てて答えた。

ネズミの家の電話番号知っていそうな人を考えたのだが、だれも思いうかばない。しかたなく、ネズミの家の近くに住んでる服部に、だめでもともとのつもりで電話してみたのだ。

そしたら、服部もネズミの家の電話番号は知らなかったのだが、かわりに、住所さえわかれば電話局で調べてくれると、一〇四のかけかたを教えてくれた。

おかげで、ネズミの電話番号はすぐにわかり、大助かりだった。

もっともそれからが、また大変だったのだが。

五分おきぐらいに電話をしたのだが、ずっと話し中で、全然通じない。

だれも電話番号を知らないネズミが、いったいだれと電話しているのだろうかと、ちょっと考えた。でもかけているのはネズミの母さんか、父さんかもしれないので、考えてもしかたのないことだった。

とにかく、夕ごはんのあと、一時間半ぐらいなん度もかけ直したが、ずっと話し中で、やっと通じた時は、もう十時を過ぎていた。

電話口にでたネズミは、もうねていたのか、ねぼけたような声だった。

「ちょっとさ、ちょっと、かりただけだよ。すぐかえすから」

「ぜったい明日持ってこいよ。ぜったいだぞ」

「わかってるよ。持ってくから、たぶん。じゃあ」

「たぶんじゃない、ぜったいだ」

「ううん、わかってるって」

あくびまじりにネズミはいった。

まったく、腹の立つやつだ。

もしも今日、クロノグラフ忘れたなんていってみろ、ただじゃおかないぞ。

「それで、ネズミの家の電話番号、なん番だったんだ」

ろうかを歩きながら、服部が聞いた。

「えっ、メモは家にあるから、今はわからないけれど。でも、どうして。服部もネズミの家に電話する用事あるのか」

「そうじゃないんだけど。ほら、これ」

服部は、ポケットにつっこんでた手を、ひょいっとだした。見れば、電卓のようなものが、にぎられていた。ただ電卓にしては、ボタンがたくさんついている。

「電子手帳か」

「へへへ、いいだろ」

にきびで赤い鼻をひくつかせて、服部はいった。

「いちおうクラス全員のデータを、入れておこうと思ってさ」

「へえー」

そういえば、ついこの前も服部は、買ってもらったとかいって、新型のヘッドホンステレオ持ってきてたっけな。

服部の家って、そんなに金持ちだったっけな。

教室に入るとぼくは、ネズミが来てるかどうか、ぐるりと見まわした。

ネズミは、いた。自分の席にすわって、ファミコンの攻略本みたいなのを読んでいる。

ぼくは、ポケットにつっこんであったネズミのデジタル時計を、ぎゅっとにぎった。クロノグラフをかえしてもらったら、投げつけてやるつもりだった。

「ネズミ」

ぼくが呼んだのと、ネズミが顔をあげたのは、ほとんど同時だった。

「持ってき――」

そういいかけたら、思ってもいなかったことが起こった。ネズミが逃げだしたのだ。

ガタタンといすを鳴らして立ち上がり、すごい勢いで、ろうかへ飛びだしたのだ。

「おい、……」

こうなったら、ぼくも、追いかけないわけにはいかない。

かばんを教卓に放り投げると、きょとんとしている服部をおしのけ、ろうかに出た。

階段にむかって走るネズミのうしろ姿が見えた。

校庭にでも逃げるつもりか。

ぼくも、全速力でろうかを走って、階段をかけおり、ネズミを追った。

ネズミは、歩く人たちをよけるのが、じつにうまい。右に左にかわしながらも、すこしもスピードが落ちないのには、あきれるほどだ。

そうでなくても、ぼくは走るのは苦手なのだ。ネズミとの距離は、どんどん離れていく。しかも、一年生の女の子と男の子が、泣きながらけんかしていて、前を通るのに少々てこずってしまった。

それでもどうにか、ネズミを見失うことなく追いかけられたのには、自分でも感心した。

ネズミは、やっぱり校庭に出た。

きっと体育館の裏にむかって、走っていくに違いない。

追手をふりきるには、温室や、体育用具倉庫なんかがあって、ごちゃごちゃしている体育館の裏がいちばんいいのだ。

しかし、ぼくの予想は、今度ははずれた。

ネズミは、四角い校庭を、まっすぐ横切ったのだ。走るその先には、何年か前の卒業生が記念に残した藤だながあり、その横で百葉箱が、白くかがやいていた。

あれっ、ひょっとして、ネズミが当番だったっけ。

ぼくたちのクラスでは、一年間の気象観測をしようと、天気と雨量、それに毎朝の気温と湿度を、順番に記録していたのだ。

ネズミは逃げたのではなかった。自分が当番だったのを思いだして、あわてて気温と湿度を見にきただけだった。

ぼくは、ぜいぜい息を切らしながら、自分のおっちょこちょいに、あきれはててしまった。

「あれ、どうしたんだよ。今日の観測当番、三上じゃねえよな」

ようやくたどりつき、うしろに立ってたぼくに、ネズミは、大きな目を丸くしていった。

心臓がどきどきうって、息が整わず、答えられずにいると、ネズミは続けていった。

「あっ、そうだ。あの時計忘れちゃったんだよ。わりーけど、もうちょっと、かしといてくれよ、な」

後ずさりしながら、ネズミは、両手をあわせた。

「このやろー」

うでをふりあげ、ようやくそれだけいったが、その時ネズミは、今度こそ本当に逃げだして、校庭の真ん中あたりを、走っていたのだった。

4

三時間目は、教室ではなく、音楽室に移動することになった。

「音楽鑑賞だってさ」

どこで聞いたのか永井が、つまらなそうに顔をしかめた。

「その方がいいじゃん。ぼーっとしてれば一時間終わるんだし」

ぼくがいうと、

「たいくつなクラシック聞かされるぐらいなら、歌でもうたった方がましだよ」

すかさずいいかえされてしまった。

さすが、カラオケ大好きのやつは、いうことが違う。

ぼくなんか、歌うたうぐらいなら、たいくつだろうが、つまらなかろうが、音楽鑑賞の方がだんぜんいい。それにクラシックだって、家のラジカセだと五秒も聞けばねむたくなるが、学校のいいステレオで、腹に響くほどのでかい音で聞くと、けっこう気分が盛り上がってくる。これも悪くないって気がする。

服部はどう思うかと、たずねようとしたら、

「あれっ、ねえぞ」

ななめ前の席のネズミが、大声をあげた。

「おっかしいな、どこいったんだ」

つくえの中を、ごそごそかきまわしては、きょろきょろしている。

どうせ音楽の教科書でも、忘れたんだろう。決まってる。

「んーと、待てよ、ということはだ……わかった」

ネズミはけっとばされたように立ち上がると、うしろのロッカーに走り、自分のランドセルを、引っぱりだした。

「やっぱり、ここにあるじゃねえか。心配したぜ」

自分にむかってぶつぶついいながら、ランドセルから音楽の教科書を取りだした。

思ったとおりだ。

ネズミは、出てきたそれを、ぴんと指ではじくと、一人でガッツポーズをとった。

自分のものはともかく、ぼくのクロノグラフを持ってこいっていうんだ。

やつは、ランドセルのふたをぱちんと閉じると、またロッカーの中へ、ぽいっと投げこんだ。その時。

――チャン

瞬間、かすかだけど、聞きおぼえのある音がしたような気がした。小さく軽い金属が、ぶつかりはじけるような、高い音。

これは、たしか。

でも、まさか。聞き間違いに決まってる。

だけど……。

休み時間はあと五分。

ぞろぞろとみんな、教室から出ていき始めた。

「三上、そろそろ行こうよ」

永井にうながされ、ぼくは立ち上がったが、さっきの音が耳から離れない。

なんとかして、ネズミのランドセルの中を見てみたい。音のもとを確かめたい。

だれもいなくなる、今がチャンスなのに、ぼくも教室から、離れなくてはならないなんて。いったい、どうしたらいいんだ。

ぼくは、永井とならんで歩きながら、口もきかずに何か名案がないか、ぐるぐる考えた。

でも、いい考えはうかばない。

とうとう音楽室の前まで来てしまった。

もう、やけくそだ。

「あれっ、忘れものした」

おおげさに驚いてみせた。そして、みんなが何か聞く前に、ふりかえりもせず教室へ走ったのだ。

忘れものなんて、もちろんうそだ。だれもいない教室に引き返すための、むちゃくちゃな演技だった。

でも、なんとか成功した。

もどった教室に、さっきまでのそうぞうしさはまるでなく、別の教室のように、しんとしていた。

手でおさえたくなるほど、心臓がどくんどくん鳴っている。

走ったせいでもあったし、緊張のせいでもある。

でも、気持ちが落ち着くのを、のんびり待ってるひまはない。休み時間は、ほとんどないのだ。

ぼくは、ネズミのロッカーに近づくと、ランドセルに手をのばした。

そのとたん、始業のチャイムが鳴り始めた。

ぼくは、のばした手を引っこめ、歯をくいしばった。

ネズミのものとはいえ、人の持ち物の中をこっそりのぞくなんて、やっぱりいけないことだ。

このまま音楽室へもどろうか。

ぼくは、あたりを見渡した。だれもいない。

どうしよう。

ためいきがもれた。

いけないことは、わかってる。だけどちょっと待てよ。もともとは、ネズミが悪いんじゃないのか。

そうだよ。むりやりクロノグラフを交換し、持ってくるのをわすれたネズミが悪いんだ。

だんだん気が楽になってきた。

いちばん悪いのはネズミだ。ぼくが何をしようが、すべての原因はネズミにあるのだ。

ぼくは悪くない。なにも気にすることはない。

すこしあせばんだ手で、ランドセルを引きだすと、一気にふたを開けた。

「やっぱり」

頭がしびれたように感じた。

まさかと思ったが、ファミコンの攻略本とくしゃくしゃになった国語のプリントの下に、クロノグラフが入っていたのだ。

取りだして、腕にはめてみたが、間違いない。まさしくぼくのだ。

あいつ、どうして持ってきてないなんて、うそついたんだろう。

たぶん、すぐにかえすのが、惜しくなったに違いない。のらりくらりといいのがれて、自分のものにしてしまおうという作戦に決まってる。

そうは、いくものか。

ぼくは、クロノグラフをはずすと、自分のランドセルの奥にかくした。

ネズミのランドセルは、さわったことがばれないように、最初と同じ位置にしてロッカーにもどした。

手のあせをズボンでぬぐいながら、笑おうとした。でも、口のまわりがこわばってて、うまく笑えなかった。

ふと、だれかにうしろから見られてるような気がしてふりかえったが、だれもいなかった。

自分のものを、自分がとりかえして、何が悪い。

もう一度そう思うと、ぼくは小走りに音楽室へむかった。

5

昼休みになっても、ネズミはまだ気づかなかった。

それもそのはず、あれからやつは、ランドセルの中を、一度も見ていないのだ。

いつ気づくだろう。

やっぱり、帰る時か。

鼻ほじりながら、あくびをしているネズミをうしろから見ながら、ぼくはちょっと心配な気持ちでいた。

音楽の時間、おくれて先生にしかられたところを、しっかり見られてしまった。何かなくなった時、少しかんのいいやつなら、ぼくのことをあやしいと思うに違いない。

はたしてネズミはどうだろう。

お前がとったんじゃないかと、うたがわれたら、なんと答えればいいんだろう。もし、ばれてしまったら、なんといえばいいんだろう。

もともとぼくのものなんだから、とったことにはならない。なんて、理由になるだろうか。

やっぱり、やめとけばよかったのか。

いまさら考えたところで、しかたないけれど。まったく、これもそれも、みんなネズミが悪いんだ。

「おい三上」

首をすくめてふりかえると、永井だった。考え事をしてる時、うしろから呼びかけないでほしい。びっくりするじゃないか。

「今日、ひまだろ」

「塾はないけど」

「そんなことわかってるよ」

そうだった。永井は、ぼくと同じ塾に通っていたのだ。

「きのうの話なんだけどさ」

声変わりしたての太い声を、さらに低くして、永井はいった。

話はこうだ。駅北口に開店したレンタルビデオ屋の会員に、永井のおやじさんがなったのだそうだ。家族だったらだれでもレンタルできるので、永井も借りようと思ったのだが、一泊だけでも三百八十円もかかる。

そこで、代金を半分ずつだして、二人でいっしょにかりようというのだ。

二泊三日のレンタルだと、四百三十円になってしまうが、それでも二人で割れば、一人二百十五円。ずいぶん安くなるというわけだ。

「三上のとこ、だれも会員じゃないんだろ」

「ああ」

家の父さんも母さんも、映画なんかぜんぜん興味がなくて、レンタルビデオ屋の会員なんてなりそうもない。

ビデオでなくちゃ見られないものもたくさん出てるし、かといって小学生だけじゃ、会員になれないから、永井の計画はわるくない。

やろうかとうなずくと、永井は黄色い歯をだし、にっと笑った。

「本当は、きのういいたかったのに、三上、さっさと帰っちゃうから」

きのうのことは、思いだしたくない。

永井がいった。

「ちょうど見たかったビデオが、あったんだ」

「ああ、スケベなやつか」

「違うよ、何いってんだ。『真・超人世紀』が、ビデオになったんだよ」

「ええっ、そうなのか」

週刊コミックスで連載中の、大人気の超能力マンガだった。

「そう、おれもびっくりしたんだけど、確かにあったんだ。なあ、今日学校終わったら、さっそく行ってみようぜ」

「うん、そうだなあ……」

そこまでいった時だった。

「あれっ」

ネズミの大声が聞こえた。

いつの間にかネズミは、自分のロッカーの前にいた。片手にファミコンの攻略本を持ち、ランドセルの中を、首をつっこまんばかりにのぞきこんでいる。

そうか。攻略本を取りにいって、気がついたか。

帰る時かと思ってたけど、意外に早かったな。

少しほっぺたがこわばる感じがした。

ネズミは、ランドセルの中のものを全部だした後、今度はロッカーの中のものも、外に引っぱりだし始めた。くしゃくしゃの紙くずや、洗ってない絵の具のパレットや、まるまった体操服なんかが、ネズミの前に広げられた。

「おっかしいな」

ネズミはしきりに、首をひねっている。

ぼくは、横目でネズミの様子をうかがいながら、はらはらしていた。

永井が何かしゃべっているが、ちっとも耳に入ってこない。ぼそぼそとネズミがつぶやく一人ごとを聞き取ろうと、神経がすべてそっちへむいていたのだ。

「なんでだ」

ネズミはそういって立ち上がると、今度はきょろきょろと教室の中を歩き始めた。

どうやら、どこかに落としてしまったと思っているようだ。

ネズミは、ぐるりと教室の中をひととおりさがすと、ふっとろうかに走り出た、かと思ったらまたもどってきて、頭をかしげてはうなっている。また、ロッカーの中をのぞいたり、机をがたがたゆすってみたり、ほとんどパニック状態だ。

「なにやってんの」

あまりのおかしな様子に、たまたま近くにいた上野久美子が、おっかなびっくりたずねた。

「どっかにいっちゃったんだよ、おれの」

ネズミは、そこまでいって、はっと口をつぐんだ。

「なにか、なくなったの」

「いや、その」

ネズミは、横目でちらっとぼくを見ると、首をふった。

「なんでもない」

そうだろう。クロノグラフがなくなったなんて、ぼくの前でいえるわけがない。いえるもんか。

ざまーみろ、ネズミ。人のもの返さないからだ。もっとはらはらしろ。もっと困って青くなれ。

「じゃ、そういうことで」

「え」

永井の言葉に、ぼくは、あわてて聞きかえした。ネズミばかり見てて、なんにも聞かずに、調子だけあわせて、うなずいていたのだ。

「お前、耳あか、たまってんじゃねえか」

口をとがらす永井に、ぼくは、すまんと手をあわせたのだ。

6

駅北口の白井書店で、ぼくは、永井を待っていた。

学校で相談したとおり、二人でレンタルビデオ屋に、行くつもりだった。

腕のクロノグラフに目をやる。

四時十五分。

そろそろ来るころだ。

もう一度、クロノグラフに目をやる。銀色のかがやきは、どこかまだぼくの腕になじんでいなかった。でも、一度なくなり、またもどってきたことで、前よりもずっと自分のものになった気がした。

もう、ぜったいだれにも渡さない。

音もなく動く秒針に見とれながら、ぼくは心にかたくちかった。

それにしても、今日は楽しかった。

ネズミのやつ、あれから休み時間のたびに、げた箱から、ろうかから、自分が歩いたところから歩いてないところまで、なくなったクロノグラフさがして、走り回っていた。だけど、当然見つからない。

頭かきむしったり、腕くんでそりかえったり、うしろから見ていて、おかしくってしようがなかった。

さらに帰りぎわ、ぼくは最後のとどめのつもりで、やつにむかっていってやった。

「ぜったい明日持ってこいよ。もしなくしてみろ、八千円、弁償だからな」

その時のネズミの顔ったらなかった。

すっぱいりんごでもかじったみたいに、口とがらせて、泣きそうな目ばかりきょろきょろ動かしてた。

わかってるなんて、ぼそぼそいってたけど、どうせ明日になれば、悪かったたって、頭下げにくるんだ。決まってる。

ぼくは、ついつい顔がにやついてしまうのを、おさえられなかった。

目の前にちょうど、週刊コミックスの今週号があったので、手に取った。発売の月曜日に、とっくに読んでいたけれど、『真・超人世紀』を、もう一回読みかえそうと思った。

ぱらぱらとページをめくったら、今から永井と、レンタルに行こうとしているビデオ版『真・超人世紀』の広告が、目にとまった。

定価では、四千八百円もする。これでは、ちょっと高くて買えない。

でもそれが、永井といっしょにレンタルすれば、たったの二百十五円なのだ。

なんだか今日は、いいことばかりだ。

なかなか来ないなと、店の外に目をむけると、なにやらさわいでるような大声が聞こえた。

なんだろう。交通事故でもおこったのか。

ここの駅前の交差点は、人通りも車の量も多く、時々小さな事故がおこるのだ。

外に出てみると、さわぎ声は交差点ではなく、そのむこうのカメラのヤマダの方から、聞こえるようだった。

行ってみようか、やめようかとまよっていると、ちょうどそのさわぎ声の方から、永井がやってきた。

ぼくは手をふりながら、走りよった。

「あれ、何さわいでるんだ」

「ん、人がかたまってて、よく見えなかったけど、万引きらしいよ」

「万引き」

「そう、カメラのヤマダで、腕時計を盗んだ犯人を、高校生たちがつかまえたって話してた」

「腕時計を」

いやな予感に、ぼくはあらためて、人だかりに目をむけた。

永井は小さくうなずいた。

「どうも小学生らしい」

「えっ」

どっからとって来たんだよといった、きのうのネズミの言葉と、弁償だとおどかした時の、落ち着きなく青くこわばった顔が、たちまち思いうかんだ。

そんなことって。

だけど、やっぱり。

ぼくは思わず、クロノグラフを、見つめていた。一瞬、それは腕時計ではなく、片方だけはめられた、銀色の手錠のように見えた。

「おおっ、いい腕時計」

永井が、顔を近づけたが、ぼくはよけるようにして、かけだした。

「おい、なんだよ。どこ行くんだよ」

行かなくちゃ。とにかく行かなくちゃ。

青信号がちかちかしている交差点を、ぼくは一気にわたり、カメラのヤマダの前にできた、人だかりの中に割りこんだ。

「ちょっと、通して。ちょっとだけ」

大学生らしい人たちの間に、やっと体をはさみこむと、だだをこねるような泣き叫ぶ声が聞こえた。

大きな目玉を真っ赤にはらしたネズミの泣き顔が、目の前にちらついた。

「ちょっと、通して、ちょっと。ぼく、友だち、友だちなんです」

ついいった言葉に、今までぼくをしめつけていた体の壁が、ふっとゆるんだ。まるで魔法の呪文でもかけたように。

「なんだって、友だち」

人の壁の中に立った、カメラのヤマダの制服の赤いジャケットを着たおじさんが、ぼくを、怒りのこもったきびしい目つきで見下ろした。

そのおじさんのむこうには、黒ぶちのめがねをかけたもう一人のカメラのヤマダの店員が、歩道にひざをつき背を丸くして泣いている少年を、なんとか店の中に連れていこうと、必死に抱き上げようとしていた。

ぼくは、おじさんの鋭いまなざしに、身動きがとれないまま、少年の顔を見た。

それはネズミではなく、三年生ぐらいの、まったく知らない子だった。

7

ジャンケンで勝ったから、ぼくが先にビデオを見ていいことになった。

夕ごはんの後、さあ見るぞと思ってテレビの前にすわったら、玄関のチャイムが鳴った。

ずっと腕につけたままのクロノグラフを見てみる。まだ八時前。父さんにしては早すぎる。

「ちょっと手がはなせないから、出て」

キッチンの方から母さんの声がした。

まったく、いつだっていいところで、じゃまするんだから。

「はい、どなたですか」

いいながらドアを開けると、驚いた。ネズミだった。

「あ、やあ」

変なあいさつをしてしまったが、ネズミは何も答えずに、うつむいて立っている。

「一度も来たことないのに、ぼくの家、よくわかったな」

「ああ、地図で調べた」

ぼそっと、元気のない声で、ネズミは答えた。

「それで、何か用」

ネズミは口をとがらせたまま、ポケットに手をつっこむと、くしゃくしゃのお札をつかみだした。そして、いきなりぼくに、つきだした。

「ごめん。かりてた時計、その、あの、どっかでなくしちまったんだ。いや、たしかに、もってたんだけど、見つかんなくて、その、弁償するから、これ、とりあえず三千円、姉ちゃんにかりてきたんだけど、あの、それで、おれの腕時計もやるから、それでゆるしてくれよ」

しどろもどろに、ネズミはいった。

じょうだんだろ。ネズミが、こんなにちゃんとあやまりに来るなんて。

「いや、お金、いいよ。ほらこれ」

ぼくは、腕のクロノグラフを、ネズミの前にさしだした。

「あっ、それ」

ネズミは大声で叫んだ。

「実は……」

ぼくがわけを話しだす前に、ネズミが先にいった。

「お前が、ひろってくれたのか」

「え」

「そうか、なんだ。お前がひろったのか。あー、よかった。本当によかった」

ネズミはいいながら、大声で笑った。ほっとして涙が出たのか、時々目じりをこすりながら、腰を曲げて、あははははと大笑いした。

ネズミは、落としたクロノグラフをぐうぜんぼくがひろったと、かんちがいしてるらしかった。そして、本当によかったと、心から思いこんでいるようだった。

ネズミは、ひとしきり笑うと、

「じゃあ、帰る」

それだけいって、逃げだすように、玄関から飛び出ていった。

ぼくはあっけにとられて、じゃあなの一言もいえなかった。

ふと、ポケットにつっこんだ指先に、なにやら硬いものがこつんとあたった。取りだしてみれば、やつのおんぼろデジタル時計だった。

返さなくちゃ。

ぼくは、あわてて玄関のドアを開けて、外に出たが、ネズミの姿はもうどこにも見えなかった。

ネズミが帰っていっただろう、大通りの方に目をやれば、車のヘッドライトが、右へ左へ切れ目なく動いていた。

ぼくは、ネズミのデジタル時計を、手のひらではずませてみた。

チャンチャンという金属音が、夜の道に響いた。

それは、ひどく安っぽい音だった。

だが、ぼくのクロノグラフの音にも、似ていると思った。

解説

人はこっそり育つ

児童文学評論家　西山利佳

『自分からのぬけ道』。不思議なタイトルだ。

「ぬけ道」を、国語辞典で引いてみると――。

①こっそり通りぬけられる近道。②規則などを破らない範囲で、うまくすます方法。

（『新明解国語辞典　第二版』三省堂）

「こっそり」「うまくすます」とは、なんだかよからぬ感じの言葉がならんでいる。しかもそれが「自分からの」に付いているのがこの巻のタイトルだ。「自分」をこっそり、通りぬける？　「自分」をうまくすます？　これはなかなか深そうだ。私なりに読み解いていくので、作品のほうをまだ読んでいない方は、まずは作品を読むことをおすすめする。作品を読むということは、自分だけの心の冒険なのだから。（次に何が出てくるか先にわかっていたらつまらないでしょう？）だから、冒険から帰ってきてから、この先を読んで、冒険を振り返ってもらえたらうれしい。

「パジャマガール」

いきなり、ネコを生き埋めにしようとする場面から始まっておどろいた人も多いと思う。しかも、大事な飼い猫マヤをそんな目に遭わせたアッコと主人公のミナは、友だちになる。アッコは同じ小学校の同じ五年生だが、学校へは行かず毎日パジャマ姿で、近所の評判もすこぶる悪い。そんなアッコからマヤを助け出すとき、ミナはアッコの顔になぐられた跡を見てショックを受ける。小さな体で心臓手術のための検査に臨んでいる弟、アッコの青紫のあざ、体を震わせるマヤ。「まわりの生命が、みんなふるえている感じ」（十一ページ）と思うミナは、あしたアッコの家へ行ってみようと思う。

私は、ミナが「自分」からぬけはじめたのは、この生命のふるえを感じた時なのではないかと思うのだが、どうだろう。ミナはアッコとつきあうようになって、「アッコのふてぶてしさと自由さが自分にもうつったような気が」（二十ページ）するようになる。

もちろん、この作品ではっきりと自分からぬけ出すのはアッコだ。ミナと二人で遊園地に行こうとしていた日（電車やバスに乗って出かけるこの日も、アッコはパジャマだ）、偶然、ひどい扱いのスナックから逃げ出したフィリピン人の若い女性を助ける。二人は、それから出向いた動物園でオオサンショウウオの脱皮を目撃する。体を半分に割かれても生きていると言われ「ハンザキ」の異名を持つそれが、「体を脱いでいる」（二十六ページ）。その衝撃的な日からまもなく、アッコは自らの意思で、殴る親の元からぬけ出した。

現代児童文学の登場人物で、アッコほどみごとに親元を脱出して、自分を避難させた子どもを私は知らない。この作品は二〇〇六年に第二十四回新美南吉児童文学賞を受賞した短編集『パジャマガール』（くもん出版、二〇〇五年）の表題作である。

「初めてのブラジャー」

この巻を手にとって、男の子は、これ、読んでもいいのかなと思いながらページをめくったかもしれない。女の子は、もしかすると、綾子の悩みに、「なんで？」と思った人が多いかもしれない。この作品は二〇〇四年に出版された短編集『４つの初めての物語』の中の一つ目の物語だ。今から十四年も前に書かれたものだから、今の小学校六年生とは、情報のキャッチの仕方がずいぶんちがう。そんなことも知らないの？　と思ってしまった人もいるだろう。

でも、自分の中にもある気持ちがずばりと言葉にされていて、どきんとしたところもあったはずだ。たとえば「うれしくて、まいあがりそうなのに、どうしてにこにこできないんだろう」（五十二ページ）とか。そして、何より、「私は絶対にママのようなお母さんにはならない」（六十ページ）という強い決意。この部分に、どっきんとするのに、男の子も女の子もない。今の子も、昔の子もない。たくさんの子どもたちが、一度は感じたことがあるけれど、たとえば「道徳」の授業では堂々と口に出せそうにないこの思い。目をそらしていたこういう気持ちに気づくことが、子どもの自分からぬけていく道なのかもしれない。

作者さとうまきこは多くの作品で、その時代時代の子どものホットな現実と心の奥底を書いている。

今回、どきんとした人は、いろいろ読んでみてほしい。まずは、本作をふくむ『4つの初めての物語』（ポプラ社、二〇〇四年）をぜひ。これは、二〇〇五年に第四十五回日本児童文学者協会賞を受賞している。

「バイバイ。」

　これは、北陸の町の路地に暮らす朝鮮人家族の物語だ。日本が朝鮮を植民地にしていた時代に日本に連れてこられた父と母の下、和たち三姉妹は日本で生まれ日本で育っている。

　一九六〇年の年の瀬、チマ・チョゴリを仕立てる母に向かって、十一歳の和は自分の花嫁衣装はウェディングドレスがいいと言う。朝鮮人の服だからという理由でいやがっているのではないということは、和の表情からもわかる。そんな和も次第に在日朝鮮人であることで背負わされてしまう理不尽や悲しみに気づきはじめる。まだまだ無邪気な三歳下の妹。すでにはっきりと壁に直面して苦しんでいる二歳年上の姉。壁の存在を知らない方が悩みがなくて幸せそうに見える。しかし、いつまでも幼いままではいられないし、自分を閉じこめている壁やしばっている鎖に気がつかない限り、そこからぬけ出すことはできない。昨日までの自分にバイバイして、人は明日の自分を作っていく。

　章子姉さんを苦しめ、和に十四歳になりたくないと思わせた外国人登録の指紋押捺はたくさんの人の拒否と裁判、支援が広がり一九九三年一月（非永住者は二〇〇〇年四月）からは廃止されている（それまでは、多少形を変えながら続いていた。つまり、和も十四歳になったとき免れなかったわけだ）。お姉ちゃんが弁護士になれないと言われ大変なショックを受けていたという記述もあった（百二十ページ）が、金敬得さんという人が、「在日朝鮮人として司法修習生」になりたいと裁判で訴え、一九七七年に日本に帰化（他国の国籍を取得し、その国の国民になること）せずに弁護士になる道を開いた。また、ヨンシギさんたちが朝鮮語の勉強会をしていると話す場面（百九十一ページ）があったが、各地にできたそれらはやがて民族学級、民族学校へと発展していく。残念なことにそれらへの差別もまだなくならないのだが、つい先日、授業料無償化の対象から外されていた大阪朝鮮学校も差別しないで対象にしなければならないという判決が下った（二〇一七年七月二十八日）。このように、何年も何十年もかけて、和たちを閉じこめていた法の壁は少しずつ崩されてきている。

本作は二〇〇三年、第三十六回日本児童文学者協会新人賞を受賞している。同作家の『はなぐつ』（アートン、二〇〇二年）、「ウトロはふるさと」（『地球の心はなに思う』新日本出版社、二〇〇七年所収）も合わせて読むことをおすすめしたい。

「銀色の手錠」

さて最後に収められたこの話、これは友だちと感想を言いあったら相当おもしろいことになりそうだ。ネズミをどう思う？　ぼくの行動は？

クロノグラフは無事もどって来たから、めでたしめでたし？

ぼくの新しい時計がうれしい気持ちも、その分、ネズミに持って行かれて腹立たしいのもとてもよくわかると思う。お母さんに本当のことを話せない気持ちもまたよくわかるだろう。では、「あのネズミのやつに、……みっともなくて、だれにも話せない」（二百四十ページ）の「あの」にこもった気持ちは？

あんなにうれしかったクロノグラフが「片方だけはめられた、銀色の手錠」（二百六十九ページ）のように感じられる、この感じは？

こんな憂鬱も背負いながら、「自分」は「自分」になっていく。この作品はまさに後ろ暗いイメージの「ぬけ道」がぴったりなのだ。

この作品は一九九六年、第十四回新美南吉児童文学賞を受賞した短編集『銀色の日々』（小峰書店、一九九五年）の最初に収められている。他の三作もそれぞれに、微妙に気まずい感情と向き合うことになる作品なのでぜひ楽しんでほしい。

寝ているあいだに背が伸びると言われるように、明るい光に照らされた中よりも、うす暗いところで人の心は育つのかもしれない。こっそり、ひっそり、人は今の自分を脱ぎながら自分を作っていくのだろう。

きどのりこ

一九四一年、神奈川県生まれ。二〇〇六年短編集『パジャマガール』（くもん出版）で、第二十四回新美南吉児童文学賞を受賞。作品に『あみことこいぬのロン』（らくだ出版）、『ハンネリおじさん』（日本基督教団出版局）、『空とぶキリンと青いゆめ』（小学館）などがある。東京都在住。

さとうまきこ

一九四七年、東京都に生まれる。一九七三年『絵にかくとへんな家』（あかね書房）で第六回日本児童文学者協会新人賞を受賞。一九八二年『ハッピーバースデー』（あかね書房）で第二十回野間児童文芸推奨作品賞を受賞。二〇〇五年『4つの初めての物語』（ポプラ社）で第四十五回日本児童文学者協会賞を受賞。作品に『千の種のわたしへ　不思議な訪問者』（偕成社）、『宇宙人のいる教室』（金の星社）、「どっきん！がいっぱい」シリーズ（あかね書房）などがある。東京都在住。

李　慶子 リ・キョンジャ

一九五〇年、福井県に生まれる。二〇〇三年『バイバイ。』（アートン）で第三十六回日本児童文学者協会新人賞受賞。作品に『はなぐつ』（アートン）がある。大阪府在住。

次良丸　忍 じろまる・しのぶ

一九六三年、岐阜県に生まれる。一九九六年『銀色の日々』（小峰書店）で第十四回新美南吉児童文学賞を受賞。作品に『大空のきず』『全自動せんたく機せんたくん』（ともに小峰書店）、「おねがい恋神さま」シリーズ、「虹色ティアラ」シリーズ、「れっつ！」シリーズ（いずれも金の星社）などがある。埼玉県在住。

日本児童文学者協会創立七十周年記念出版

「児童文学　10の冒険」刊行に寄せて

児童文学というジャンルは、大人の作者が子どもの読者に向けて語る、というところに特徴があります。そのため、時に押しつけがましく語り過ぎたり、時に大人の側の独りよがりになってしまったりするようなことも、なしとはしません。ただ、そこに児童文学を書くことの難しさやおもしろさもあり、わたしたちは読者である子どもたちと、そして自身の中にある「子ども」とも心の中で対話しながら、さまざまな作品を書き続けてきました。

このシリーズは、児童文学の作家団体である日本児童文学者協会が創立七十周年を迎えたことを記念して企画されました。先に創立五十周年記念出版として刊行された『「心」の子ども文学館』（全二十四巻、日本図書センター刊）に続くものです。協会が創立されたのは太平洋戦争敗戦後まもない一九四六年のことで、その時代とはもとより、『「心」の子ども文学館』が刊行された二十年前に比べても、大人と子どもとの関係は大きな変化を見せ、児童文学もさまざまに変貌しています。

主に一九九〇年代以降の、日本児童文学者協会の文学賞（協会賞・新人賞）の受賞作品や受賞作家の作品、そして同時代の他の文学賞の受賞作家の作品、長編と短編を組み合わせて一巻ずつを構成したこのシリーズを、わたしたちは、「児童文学　10の冒険」と名づけました。「希望」が語られにくい今の時代の中で、大人と子どもがどのようにことばを通い合わせていくことができるのか。それはまさに「冒険」の名に値する仕事だと感じているからです。

今子ども時代を生きている読者はもちろん、かつて子どもであった人たちも、本シリーズに収録された作品たちを手掛かりに、それぞれの冒険の旅に足を踏み出せるよう願っています。

日本児童文学者協会「児童文学　10の冒険」編集委員会

出典一覧

きどのりこ『パジャマガール』（くもん出版）
さとうまきこ『4つの初めての物語』（ポプラ社）
李　慶子『バイバイ。』（アートン）
次良丸　忍『銀色の日々』（小峰書店）

「児童文学　10の冒険」編集委員会
津久井　惠・藤田のぼる・宮川健郎・偕成社編集部

装　画……牧野千穂
造　本……矢野のり子（島津デザイン事務所）

児童文学 10の冒険

自分からのぬけ道

発行　二〇一八年三月　初版一刷

編者　日本児童文学者協会

発行者　今村正樹

発行所　株式会社偕成社
〒一六二－八四五〇 東京都新宿区市谷砂土原町三－五
電話〇三－三二六〇－三二二一（販売部）
〇三－三二六〇－三二二九（編集部）
http://www.kaiseisha.co.jp/

印刷　三美印刷株式会社

製本　株式会社常川製本

NDC913 284p. 22cm ISBN978-4-03-539750-2

乱丁本・落丁本はおとりかえいたします。
本のご注文は電話・ファックスまたはEメールでお受けしています。
電話〇三－三二六〇－三二二一　ファックス〇三－三二六〇－三二二二
e-mail : sales@kaiseisha.co.jp

迷宮ヶ丘シリーズ

日本児童文学者協会…編

全10巻

あたりまえの明日は、
もう約束されない……。
あなたに起こるかもしれない
奇妙な物語を
各巻五話収録。

一丁目　窓辺の少年
二丁目　百年オルガン
三丁目　消失ゲーム
四丁目　身がわりバス
五丁目　瓶詰め男
六丁目　不自然な街
七丁目　虫が、ぶうん
八丁目　風を一ダース
九丁目　友だちだよね？
〇丁目　奇妙な掲示板

四六判

時間をめぐるお話を各巻5話収録

5分間の物語
1時間の物語
1日の物語
3日間の物語
1週間の物語
5分間だけの彼氏
おいしい1時間
消えた1日をさがして
3日で咲く花
1週間後にオレをふってください

日本児童文学者協会 編

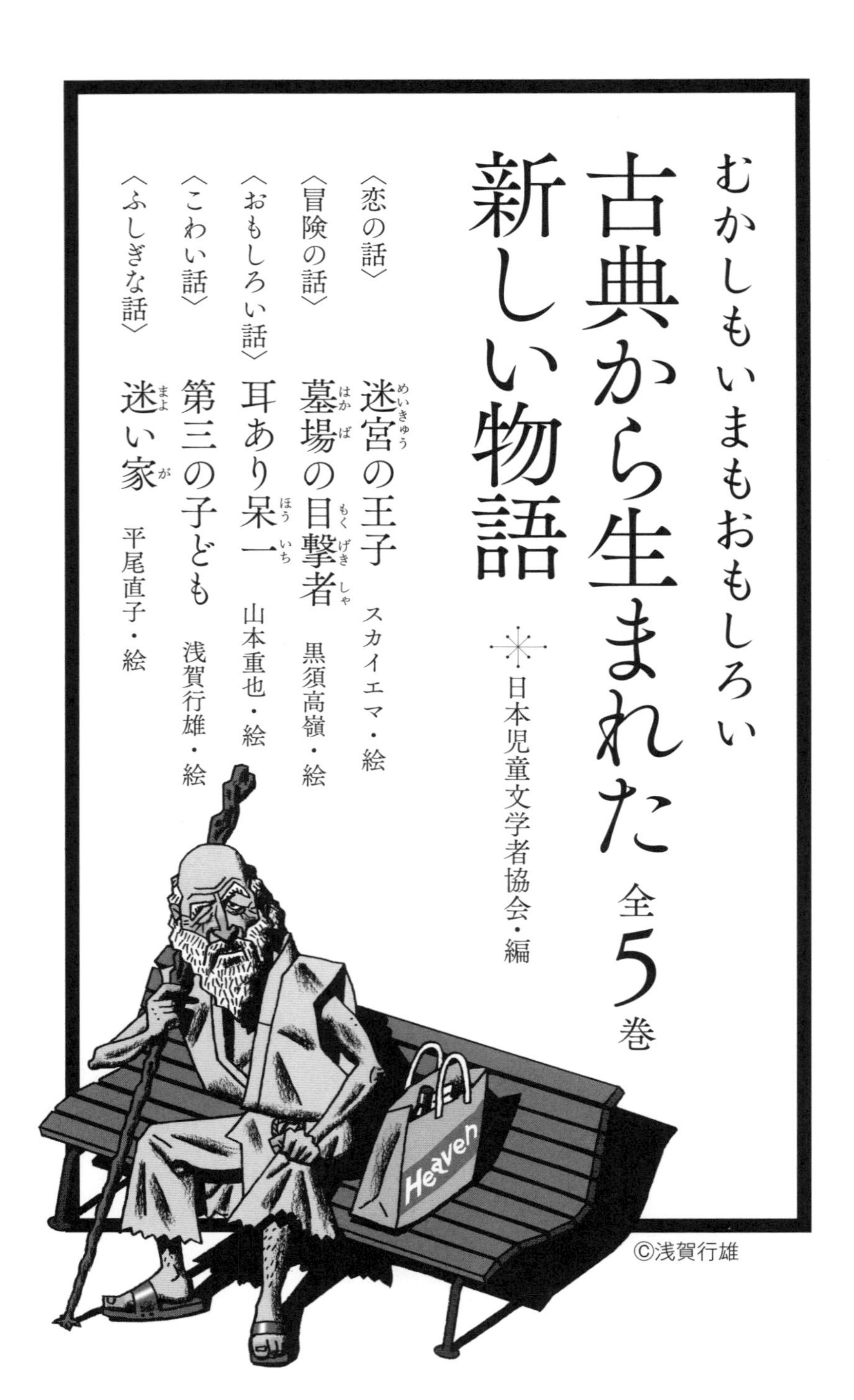
むかしもいまもおもしろい
古典から生まれた新しい物語
全5巻
日本児童文学者協会・編
〈恋の話〉迷宮の王子　スカイエマ・絵
〈冒険の話〉墓場の目撃者　黒須高嶺・絵
〈おもしろい話〉耳あり呆一　山本重也・絵
〈こわい話〉第三の子ども　浅賀行雄・絵
〈ふしぎな話〉迷い家　平尾直子・絵
Heaven
©浅賀行雄